愛に似たもの

唯川　恵

集英社文庫

愛に似たもの　目次

愛に似たもの

真珠の雫

サチは生まれた時から、自分がどんな女か知っていた。

だから女を利用することなど、何の抵抗もなかった。どんなふうに振る舞えば男たちを腑抜《ふぬ》けにできるか、それでどんないい思いができるか、金や物をせしめられるか、誰に教わらなくても頭も身体も馴染《なじ》んでいた。

すべて父親から受け継いだものであることは間違いない。

サチの父親はどうしようもないろくでなしだった。女にうまく付け入って、金を巻き上げる。金がなくなれば、あっさり姿を消す。

サチの母親も犠牲になったひとりである。父親が姿を消した時、母親はサチを出産する間際だったという。それがわかっていながら、父親はせしめる金が底をついたと知ったとたんふらりと出ていき、そのまま姿をくらました。お人好《ひとよ》し、というより、あまり頭がよいとはいえない母親は、籍も入ってなかったというのに、必ず帰ってくると信じてサチを産んだという。父が二度と帰らないということは、サチは母親の胎《はら》の中にいた時からわかっていた。

母親にとって、サチの父親は二度目の夫である。最初の夫は勤勉な公務員だったらしいが、まだ三十歳を少し越えたばかりの頃に、勤務中に倒れてころっと死んでしまった。残されたのは三十歳にもならない母親と、三歳の直美《なおみ》という娘だった。

母親の狼狽《ろうばい》と落胆とは裏腹に、かなりの額の生命保険と労災保険が下りたらしい。サチの父親がどんなふうに母親に近付いたかはわからない。ただ、ろくでなしは獲物に対する嗅覚《きゅうかく》だけは鋭いものだ。

母親は一枚だけある父の写真を今も大事にしていて、サチも何度か見たことがある。確かに整った顔立ちをしているが、こういった男が持つ、身体の奥深くまで染みついた徹底的なだらしなさのようなものが、サチには透けて見えるようだった。

優しい人だった、と、母親は今でも時折言う。呆《あき》れてものも言えないが、そんな母親だからこそ、父親もたやすく付け入ることができたのだろう。

種違いの姉、直美は今年三十一歳になる。

父親ゆずりの美貌《びぼう》を備えているサチに較《くら》べ、直美は母親似でとても美しいとはいえなかった。勉強はそこそこできるが、武器になるほどの賢さもない。世の中には、印象が薄くどうにも周りから名前を覚えられない人間がいるが、直美がまさにそれだった。小さい時から「あなた、誰だったかしら？」と、担任の教師からも聞かれていた。それに腹を立てることもなく素直に名乗る直美も直美で、そばにいてサチはいつも苛々《いらいら》した。運が悪ければ、母親と同じように、サチの父親みたいな男に身ぐるみはがされてしまうのだろう。

前の夫の死によって転がり込んできた金と、小さいながらも住んでいた一軒家、それらをすべて父に使い果たされ、まだ幼いふたりの娘を抱《かか》えた母親の生活は、さぞかし苦労の連続だったに違いない。それでも、サチはあまり同情する気にはなれなかった。これが母親には似合いの、いちばん母親らしい生活に思えた。

さすがにそんな母から小遣いをせびるのははばかられて、高校に入った頃には自分で稼ぐようになっていた。もちろんまっとうな仕事で得た金ではないが、たまに、貰った金や物をやると「ありがとう」と、母親も直美も心から嬉《うれ》しそうに受け取った。「いいアルバイトを見つけてよかったわね」と、母親は本気で言っていた。何にもわかっちゃいなかった。そういう母親と姉だった。

今、母親は弁当屋でパートをし、直美は隣町の工務店で経理をしている。六畳二間のアパートに、六十に近い母親と、その母親によく似た三十過ぎの娘がふたりで暮らしている。どうにも背中がむず痒《がゆ》くなるような暮らしぶりだが、それはそれで似合いといえる生活だった。

サチは十七歳で家出した。

高校卒業まであと半年という時だ。高校は死ぬほど退屈な場所だったが、それは中学校も小学校も保育所も、母親と直美のいる家もみな同じだった。自分が今まで置かれてきた場所で、退屈でないところなどひとつもなかったように思う。

あれから十年がたつ。今、サチは赤坂《あかさか》で女の子たちを三十人ばかり使うクラブを一軒、任されている。

高校を中退してから、当然のごとく、水商売を転々とした。どの店でも、若くて美人のサチは人気があった。たんまりと男から金や物をせしめ、贅沢《ぜいたく》な暮らしを手に入れた。歩合制のキャバクラに移ってからは、いつも売上げナンバーワンになった。どこの店に行っても、男で稼ぎ、男で揉《も》めた。店を飛び出したり、引き抜かれたりしながら、何軒目かに勤め始めたクラブで、経営者の西野と出会った。サチが二十四歳の時だ。

西野はチビで小太りの、冴《さ》えない風貌だが、商売はかなりのやり手で、クラブの他にも焼肉屋や居酒屋、雀荘《ジャンそう》なども経営していた。どの店も繁盛しているようだった。

サチはすぐに、売上げでトップに立った。相変わらず客を取っただの、数字をごまかしただの、衣装を破っただの、ホステス同士のトラブルメーカーとしてもトップだったが、西野はサチの手腕を認めたようだった。

その頃、西野には三十半ばの内縁の妻がいて、その女がクラブの経営を任されていた。

支配欲の強い、どうにもいけすかない女で、サチはよく衝突した。サチに蹴落《けお》とされた元ナンバーワンの女が、サチを追い出すためにあることないことを告げ口していることも知っていた。

入店して半年ほどした時、内縁の妻から呼び出しがあった。事務所に入ったとたん、右頬《みぎほお》を張られた。

「あんた、西野に手をだしたら承知しないよ」

内縁の妻はドスのきいた声で言った。サチはまだ西野と寝ていなかったが、その瞬間、この女を追い出すことを心に決めた。

西野と寝るのは簡単でも、内縁の妻を切らせるのはさすがに苦労した。ふたりはもう十年近くの関係で、さすがに西野も情が移り、なかなか行動に移せない。

だからと言って、もちろんサチは屈するようなことはなかった。泣き、甘え、男の腰が抜けるほどの性戯を使い、店を辞めると言ってぐずり、時には激しく怒る。ありとあらゆる手段を、躊躇《ちゅうちょ》なく使った。

一年後、内縁の妻は西野に捨てられた。そしてサチが手に入れたものは、西野の女という立場と、クラブのママという座だった。

「姉さん、うちの経理、手伝ってよ」

久しぶりに戻った実家のアパートで、すき焼きを三人で食べながら、サチは言った。牛肉はサチが買って来たもので、百グラム三千円もする。こんな極上の肉を食べるのははじめてだろう。ふたりとも、おずおずと口に運んでいる。

「急にどうしたの？」

湯気の向こうで、姉が顔を上げた。

「信頼できる人間が誰もいないのよ」

店を任されて三年、そのことを痛感するようになっていた。店の売上げは悪くはないが、もともと大雑把《おおざっぱ》な性格のせいで、細かいところまでよく把握できていない。伝票をまとめ、後の処理はほとんど西野お抱えの税理士に任せてしまっている。このままではうまくいかない。西野にバレないよう、税理士に帳簿を見られても誤魔化《ごまか》しがきくよう体裁を整え、尚且《なおか》つ、自分の懐《ふところ》も潤うようにしたい。それくらいのメリットがなければ、西野の女になった意味がない。

店には、サチを蹴落とそうという女はいても、力を貸そうなんて人間などいるはずもなかった。ちょっと野心のある子なら、今のサチの座を狙《ねら》おうとするに違いない。とても近付ける気になれなかった。

「でも、今の仕事もあるし」

直美がぼそぼそと口の中で呟《つぶや》いた。

「あんな仕事、辞めればいいじゃない。それくらいの給料は払うわよ」

直美も母親も、着ている服はサチのお下がりだ。いらなくなった服を時折、サチは持って帰った。手持ちの中でいちばん地味な服を選んできても、ふたりにはどうにも似合わない。けれど、似合わないことをふたりは少しも気にしていない。だからサチも気にしない。

「でも、高校を卒業した時からお世話になってる会社だし」

「それで、給料はいくらもらってるの」

サチは苛々した口調になった。

直美が口籠《くちご》もっていると、母親がのんびりと話に割って入った。

「直美ちゃん、サッちゃんが困ってるなら助けてあげたらいいじゃない。たったふたりの姉妹なんだから」

直美はしばらく考えていたようだが、サチが缶ビールを一口飲んだ時には、もう決心はついていた。

「そうね、サッちゃんが困ってるんだものね、わかったわ、手伝う」

自分で頼んでおいてどうかと思うが、サチはほとほと感心してしまう。サチが高校を勝手に中退して家を出てから、かなり贅沢な暮らしをしているのはふたりとも知っているはずだ。土産《みやげ》程度の金品は渡したことはあっても、母親と直美の苦しい生活を助けているわけではない。それなのに妬《ねた》みも恨みも、要求も請求もしない。姉妹だというそれだけで、あっさり長年勤めた会社を辞めると言う。まったくその無欲さはどこから来るのかサチには皆目わからない。善良というより、気味が悪くなってしまう。

「じゃあ、来月から来て」

「わかった」

直美は牛肉を頬張りながら、もごもごと答えた。

「今度、経理を姉さんに手伝ってもらうことにしたから」

ベッドの中で、脂肪と欲望の塊のような西野の身体にぴたりと寄り添いながら、サチは報告した。

「おまえ、姉さんなんていたのか」

西野は驚くというより、むしろ感心したかのように答えた。家族のことを、口にしたことなど一度もなかった。

「父親は違うんだけどね」

「どんな子だ？」

当然、聞かれるとわかっていた。西野の女への興味は、金への執着と比例している。

「一言で言えば、私とは正反対。会えばわかるわ」

もし、直美が若くて美しくて利発であったなら、いや、その中のひとつでも備えている女であったなら、サチは決してあんな頼み事はしなかった。

「確かに、おまえは大雑把だからなあ。納品書も請求書もいつもごちゃまぜになっているって、税理士の先生も困ってたぞ」

「だから、そこのところを姉に頼むことにしたの。もちろん、最後は先生に見てもらうわよ」

妙なところで疑われないよう、サチは抜かりなく言った。

「給料はどうするんだ」

「それくらい、私が店に出て客にボトルを入れさせるわよ、任せて」

「ま、好きにするといいさ」

二十四歳で西野の店に来た時、自分の価値がぎりぎりのところまで来ていることはわかっていた。かつての客に連絡を取りまくり、身体も利用すれば、しばらくはナンバーワンの座を取ることができる。けれども取り続けることは難しい。店には十代の女の子たちもいる。若い女はあとからあとから羽虫《はむし》みたいに湧《わ》いてくる。ほとんどが小遣い稼ぎ目的の素人《しろうと》だが、中には、野心を抱えた女もいる。

そんな女たちと競い合ってゆくだけで終わるつもりはなかった。給料は歩合制で、頑張って客から吸い上げればそれなりの金は入る。けれども、その上前《うわまえ》は店に吸い取られる。いつまでも吸い取られる側に甘んじていたくない。吸い取る側に立たなければ、こんな世界に入った意味がないではないか。

直美は予想以上に力を発揮してくれた。

一日の売上げを、翌日、サチのマンションでパソコンに打ち込み一覧表を作成する。電気代や水道代といった細かな計算から、納品書や請求書を管理し、アルコールやおつまみ類の値段までチェックを入れた。新聞のチラシに入っていた激安ショップより高く納入している業者がいればリストに挙げる。サチはすぐさま業者に連絡を取り、厳しく交渉した。直美が来て、自分が今まで見落としていたことの多さに改めて気づいた。

西野には早めに会わせておいた。

「姉よ」

部屋に来た西野に紹介すると、直美はいつも仕事机にしているダイニングの椅子から慌てて立ち上がり、身体を固くして深々と頭を下げた。

「直美です。よろしくお願いします」

「いやいや、こちらこそよろしく」

西野は愛想良く言ったが、その目に落胆の色がありありと滲《にじ》み出ていて、サチは思わず吹き出しそうになった。言っておいたのに、いくらかの期待もあったのだろう。

直美は今日もサチのお下がりのブラウスを着ていて、それが洒落《しゃれ》ているだけに野暮ったさがいっそう際立っていた。ずんぐりした小太りの身体に、一重の細い目。直美のさも善良そうな表情が、却《かえ》って拍車をかけている。西野でなくても、男の食指が動きそうもない種類の女だ。たぶん直美の方も、自分の足の付け根に湿った洞穴があることも忘れてしまっているだろう。

寝室に向かった西野の後に、サチは付いて入った。

「ねえ」

と、背中から手を回して抱きついた。

「どうした」

「して」

上目遣いに鼻にかかった声を出す。

「おいおい、姉さんがいるだろ」

西野が満更《まんざら》でもないようにたしなめる。

「いいの、して。したいんだから」

今からここでどんなことが行われるか、直美にわかるはずもない。わかったたって構わない。どこか残酷な気持ちがサチの身体の奥底から湧いてきて、いっそう淫《みだ》らさに拍車をかけた。

「ねえ、サッちゃんのお店ってこんなにおしぼりを使うの?」

直美が請求書と帳簿を照らし合わせて呟いた。

「使う方だとは思うけど」

サチは覗《のぞ》き込んだが、数字を見てもよくわからない。

「ここ一年くらいの伝票を見返していたんだけど、お客さんの数の五倍、ううん七倍はある」

「そんなに」

サチの店は自慢できるほど上品ではないが、テーブルの下におしぼりを山のように積んで店内の照明を暗くするほど、怪しげな店でもない。

結論から言えば、業者がかなりの数を水増しして請求していることが明らかになった。そこにはアルバイトの黒服がひとり絡《から》んでいて、いくばくかの見返りを得ていることも判明した。金額的には大した額ではないが、小金でも他人に掠《かす》め取られるのは我慢できない。サチは即座に業者とアルバイトを切った。

そのお礼と言っては何だが、サチは直美にイヤリングをひとつやった。

いつもやるのは着なくなった服ばかりで、貴金属のたぐいは、たとえ気に入らないものでも手放すようなことは決してしない。サチにとってそれは金に直結するものだ。いざとなれば売れる。その思いがいつもある。

イヤリングは客からプレゼントされたものだった。貰《もら》っていちばん嬉しいのは現金だが、最近はチップを弾むような景気のいい客はいない。イヤリングは本物かどうか定かではないが、一見プラチナらしき台に、雫《しずく》の形をしたいちおうパールらしきものがぶら下がっている。どちらにしても大した価値がある代物《しろもの》でないことは明らかだった。それにサチはピアスをしていて、イヤリングをつけることはまずない。もちろん、こんなチンケなパールなんてつける気にもなれない。

「この間のお礼みたいなもんよ。取っといて」

と、直美の手のひらにそれをのせると、びっくりしたようにサチを見上げた。

そう言われると、わずかに惜しい気持ちになった。

「いいの、ほんとに？」

「いいわよ、大したものじゃないし」

「ありがとう、嬉しい」

世の中には、欲深い女と無欲の女しかいないとサチは思う。それは性悪女と頭の悪い女でもあるはずだ。自分は正真正銘の前者であり、直美は呆れるほどに後者だ。安い給料でコキ使われることに反発もせず、こんな子供だましのイヤリングさえ嬉しがる。これで半分血が繋《つな》がっているなんて信じられない。

そのことに苛々し、そして、時には泣きたくなってしまう。

その男を目にした時から、気になっていた。どこかで会ったような気もするが、どうにも思い出せない。

老人と呼んで構わない年格好だ。カウンターの端の席で、丸まった背をさらに丸めてウィスキーの水割りを飲んでいる。

赤坂の店を終えてから、常連の客に誘われて鮨《すし》をつまんだ後、新宿のバーに連れられてきた。上客の誘いは、許す限り受ける。この客にはブランドの時計を貰ったこともある。特上の客の場合は、もっと先の誘いも受ける。

バーは五十過ぎのママがひとりでやっていた。サチへの対応も慣れたものだった。若い頃は、もしかしたら名の通った店に出ていたのかもしれない。物腰の柔らかさの隙間《すきま》からサチを値踏みする目が垣間《かいま》見える。愛想のいい笑顔の端々にどこか見下す素振りも感じられる。

客は上機嫌に酔っていて、ひとりでどうでもいいようなことを喋《しゃべ》り続けている。他に客はなく、サチの意識はついその老人に向いていた。

老人は淡いグレーのシャツに濃い茶色のズボンを穿《は》いている。髪は半分以上が白く、頬には老人特有のシミが薄く浮いていた。顔立ちは、見ようによっては端整といえる部類に入るかもしれない。ここからは横顔しか見えないが、鼻筋も通っている方だ。

ふと、老人が顔を向けた。目が合った。胸の中に石を放り込まれたような、不安にも似たざわめきが広がって、サチは慌てて目を逸《そ》らした。

一時間ばかりでその店を出て、客とふたり、タクシーを拾った。客は早速、手をのばしてきた。

「ママんとこで、もう少し飲みたいなぁ」

サチは太ももに置かれた客の手に、自分の手を重ねた。親愛の態度を示しながら、この手がこれ以上奥へ進まないようにとの牽制《けんせい》の意味もある。

「あら残念、今夜はうちに姉がいるの」

もちろん、この客は特上ではない。

「また、そんなこと言って」

「ほんとよ、もうすぐ月末でしょう、経理をやってもらってるの。だから、ね、ごめんなさい」

「三人でっていうのも悪くないけど、俺は」

「いやだ、そんなこと言って。姉はまじめなの。男の人なんか連れて帰ったら、きっとドアを開けてくれないわ」

「しょうがないなぁ」

口で言うほど、客は執着しなかった。タクシーは甲州《こうしゅう》街道をスムーズに走り抜けていく。

「ねえ、さっきのお店にいた人だけど」

ふと、口から出ていた。

「ママかい？」

「ううん、カウンターの端で飲んでた人、ちょっとおじいちゃんの」

「ああ、あれ」

客はだらしなく笑った。

「知ってる人？」

「まあね」

「誰？」

「名前は知らない、知る必要もないけどさ。ママのあれだから」

それがどういうことか、問い返さなくともわかる。

「そうなの？」

「あんなジジイのどこがいいんだろうと思うけど、まあ、あのママももう年だから、やっぱり寂しいんだろうな。看板近くになると、あの男がああして必ず迎えに来るんだそうだ」

サチはゆっくりと窓の外に目をやった。夜の景色が滲んで、曖昧《あいまい》な輪郭のシルエットが浮かんで消えた。

「サッちゃんは西野さんと結婚しないの？」

直美の言葉に、サチは読んでいた新聞から顔を上げた。テーブルの向こうで、直美がパソコンごしにこちらを見ている。耳にはあのパールのイヤリングが貧乏たらしく揺れている。あれから毎日、直美はそれをつけるようになっている。

サチは新聞をばさばさとたたみ、鼻で笑った。

「そんなもの、するわけないじゃない」

「どうして。西野さんとは、そういうお付き合いなんでしょう」

語尾にためらいが滲んでいる。話にセックスのニュアンスが含まれただけで、直美は羞恥《しゅうち》の塊になってしまう。

「そんな男じゃないわよ。あいつの頭にあるのは金儲《かねもう》けだけ」

もちろんサチもそうだ。長くてあと五年、少なくとも三年、そう思っている。その間に稼げるだけ稼いで、いつかは自分の店を持つ。場所は銀座、広さも内装も女の子の数ももう考えている。そうして、今度こそ誰にも上前をはねられず贅沢に暮らすのだ。

「あのね」

直美はゆっくりとパソコンの画面に目線を戻した。

「お店に桜《さくら》さんって人がいるでしょう、ひと月ほど前に新しく入ってきた」

直美は経理で売掛金を管理しているうちに、顔はわからなくても、店の女の子の名前をほとんど覚えるようになっていた。

「桜がどうかした？」

瞬間、もやったものが胸先をかすめた。

「この間、サッちゃんのいない時に、西野さんが来て、その時、携帯に電話が入ったの。聞くつもりはなかったんだけど、西野さん、声が大きいから、つい『桜』って名前が聞こえちゃって」

「それで、どうしたの」

「会う約束をしていたみたい。この間と同じところ、なんて言ってたから、初めてじゃないのかな、なんて」

桜は、ひと月ほど前「募集を聞いて」と店にやってきた。本人は二十三歳と言ったが、三歳はサバを読んでいるとサチは踏んだ。しかし、桜は美人だったし、仕事にも慣れていた。短い面接で採用を決めた。見込んだ通り、桜は上客を抱えていて、売上げを確実に伸ばしている。客あしらいもかなりのものだ。

しかし、だからこそ気になっていた。そんな女は野心も上手に隠す。普段はママ、ママと、サチを慕っているような素振りを見せているが、腹の底では何を考えているかわからない。

サチが黙り込んだので、直美は慌てたようだった。

「やだ、私ったら告げ口するようなことを言って。ごめんなさいね」

たぶん、直美も少しは頭が働くようになったのだろう。西野の心がサチから桜に移るようなことがあれば、自分も仕事を失う可能性がある。その不安が、告げ口という形になって現れたに違いない。

「気にしてないわよ。オーナーが店の女の子にごはんを奢《おご》るぐらい、よくあることだもの」

西野に女の影がちらつくことなど、今に始まったことではない。西野の住むマンションの合鍵《あいかぎ》を渡されていて、そこで時折、明らかな痕跡《こんせき》を目《ま》の当たりにした。そんなことにいちいち目くじらをたてていたら、西野のような男と付き合ってゆけるはずがない。どうせ、西野の気まぐれの相手になった頭も尻《しり》も軽い女たちのことだと今まで大目に見てきた。

けれども、それが桜となると、少し事情が違ってくる。桜には他の女にはない肝の据わったところがある。もし、サチの座を狙っているとしたら。サチが、西野の前の女を追い出したように、桜もそのチャンスを窺《うかが》っているとしたら……。

桜は、どことなく、サチに似ている。


その老人は、この間と同じ姿勢でカウンターの隅に座っていた。

入ってきたサチを見て、ママが驚いたように水割りを作る手を止めた。

「あら、いらっしゃいませ。お待ち合わせ？」

「いいえ、ちょっと近くで飲んでたものだから。この間はどうも」

「こちらこそ、ありがとうございました」

店には、三人連れの中年サラリーマンがいて、興味深げにサチを見ている。サチは老人との間にひとつスツールをあけて、腰を下ろした。

「ビールをください」

ママはどこかぎくしゃくしている。どうしてサチがひとりでここに来たのか、真意を測りかねているようだった。それでも三人の客の相手をせねばならず、ビールを注ぐと困惑しながら離れていった。その方がサチも有り難い。

ビールを一口飲んで、サチは老人に顔を向けた。

「こんばんは」

老人はわずかに顎《あご》を上げ、それからゆっくりとサチに顔を向けた。

「どうも」

老けたな、と思った。

それでも写真で見る若い頃の父親の面影が、老いという錆《さび》の間からわずかにこぼれおちていた。

言いたいことを山のように抱えてきたつもりだったが、どれもまともな言葉にならなかった。

このろくでなしの父親が、無知で愚かな母親と姉からすべてを根こそぎ奪っていった。じきに血の繋がった子が生まれることにさえ、ほんの少しの心も残さなかった。そうして、父親の血をまっとうに引いてしまったサチが、あの母親と姉と暮らさなければならなくなった。それがどういうことか、父親には想像もつかなかったろう。それは、自分が否応なしに生まれ持った汚さを、いつも感じながら生きていかなければならないということだ。せめて、もっとひどい女のところに残してくれていたらよかったのに。あの家に残されたことで、自分はいつだって、どうでもいいはずの最後の何かを捨てられないでいるような気がしてならない。

「あんた、いい目をしているね」

不意に父親が言った。

サチはわずかに身構え、客やママに聞かれないよう小声で答えた。

「どんな目かしら」

「欲深い目だ」

笑ってしまった。

「じゃあ、あんたの目と同じだね。あんたはその目で女たちの心に付け入ってきたんだろう」

言葉がはすっぱになるのも構わなかった。

「あんた、誰だい？」

父親の問いに、答えるつもりなどさらさらない。

「少なくとも、無欲な女ぐらい放っておいてやればいいものを、節操がないんだから」

父親が薄くなった水割りを、音をたててすすった。

「あんたが誰だか知らないが、これだけは言っておこうか。今まで生きてきて、俺は、無欲の女なんて見たことがない。女は例外なく欲深い。例外なくだ。自分を無欲だと錯覚している女はいるがね」

サチは言い返そうと、改めて父親を見た。けれども、もう背を丸めて、いつもの姿勢に戻っていた。

「どうかなさった？　おビール、もう少しいかが？」

揉め事でもおきているのかと不安になったらしく、ママが間を割るように声を掛けてきた。

「いえ、もう結構よ」

サチは首を振り、スツールから下りた。

「それじゃ」

それをママにではなく、父親に言ったが、もう返ってくるものは何もなかった。


勘定をすませて外に出ると、晴れているのか曇っているのかわからないような夜空が、ビルの隙間を埋めていた。

何のためにわざわざ出掛けてきたのか、自分でもうまく説明がつかなかった。老いた父親のみじめたらしい姿を嘲笑《あざわら》いにきたと思っていたが、ぜんぜん違うような気もした。ろくでなしに似合いの逆算の仕方で、父はこれから残る命を数えてゆくのだろう。感慨なんて何もなかった。ただ、自分には確かに父親と同じ血が流れている、その思いだけを確信した。


店の始まる前、近くの喫茶店に桜を呼び出した。

今のうちに、西野とのことに釘《くぎ》を刺しておくつもりだった。

「いやだわ、ママったら。何のことかしら」

桜はあくまでシラを切る。グロスを塗りたくった唇の両端をきゅっと上げて、上目遣いに笑ってみせる。自信たっぷりの表情が憎たらしくて胸くそが悪くなる。

かつて、有無を言わせずサチの頰を張った、西野の内縁の妻のようなヘマはやらない。サチは、ほほほ、と笑い声を上げた。

「あらあら、桜ちゃんこそ何を誤解しているのかしら。私はね、西野も私も、あなたにはとても期待してるってことを伝えたかったのよ」

サチの出方が思いがけなかったらしく、桜はこめかみの辺りにわずかに警戒心を広げた。

「それは、どうも」

煙草に火をつける桜を横目に、サチはバッグから用紙を一枚取り出した。ついさっき、直美から「もしかしたら役に立つかもしれないから」と、手渡されたものだった。

「これだけど、ちょっと見てくれるかしら」

「なんですか」

人を食ったような声が返ってきたが、そんな態度でいられるのも今のうちだ。

「売掛金の明細よ」

桜の表情がわずかに曇った。

「もちろん、売掛金が多いのは結構なことよ。それだけあなたがお客さんを持っているって証《あかし》だもの。でもね、ちょっと清算が遅れ過ぎじゃないかしら」

桜は用紙を手にしてさらりと言った。

「大丈夫ですよ、私には信用できるお客さんしかついていませんから」

「ええ、もちろんわかってる。私だって、あなたみたいないい子をたかが清算が遅れたぐらいで手放したくはないもの。だけどね、今ある売掛金をぜんぶ肩代わりしてくれるという店があったら、やっぱり西野も心が動かないとは限らないと思うのよ」

桜の顔色が明らかに変わった。売掛金という借金を抱えたホステスが、裏の世界に引きずり込まれてゆく姿を何度も見てきているのだろう。

桜の指先に挟まれた煙草から、灰がはらりと落ちた。


サチは上機嫌だった。

直美に経理を任せてよかった。そこまで役に立ってくれるとは思わなかった。さすがに、これで桜も西野にちょっかいを出さなくなるだろう。

週末、西野の部屋へ行ってみる気になったのは、そのせいもある。今日は客と千葉にゴルフに出掛けていることは知っていた。夕方には連絡が入って、食事をする約束もついていた。その時間まで、エステかショッピングで過ごすつもりでいたのだが、ふと思いついて、たまには手料理でも作ってみようという気になった。ここのところ、忙しさにかまけて、西野の身の回りの世話を怠っていた。そんなだから、桜のような小娘にいいようにされそうになったとも言える。西野とは少なくともあと三年、今の状態を続けなければならない。どう計算しても、そうでなければ元が取れない。

スーパーマーケットで買物をし、部屋に入った。三日に一度の割合で、掃除のおばさんが来てくれているので、部屋はそう汚れてはいない。まずは洗面所に向かい、棚を調べた。女物の化粧品のたぐいはない。しかし、ブラシに西野のではない黒い髪の毛が数本絡まっていた。桜のものではないようだ。桜はもっと長いし、ほとんど金髪に近い色に染めている。また、酔った勢いでどこかの女の子を連れ込んだのだろう。それくらいは、仕方ない。

それから寝室に入った。

ベッドは簡単に整えられている。西野がしたものではないことはすぐにわかった。やはり昨夜、誰かが泊まっていったらしい。そのことをとやかく言うつもりはないが、どの女が寝たかわからないベッドに、西野とふたりもぐり込む気にはとてもなれなかった。

サチは派手に羽毛布団とマットからシーツを引っ剝《ぱ》がした。

その時、ふと、足元に転がり落ちるものがあった。サチは屈《かが》んでそれをつまみ上げた。

イヤリングだった。

一見プラチナに見える台に、チンケな雫の形をしたパールがぶら下がっている。

これが、どうしてここに。

と、考えそうになった自分に呆れていた。そんなこと、決まっているではないか。

「ふうん、そういうこと」

頭に血が上るか、と思ったが、溢《あふ》れて来たのは笑いだった。

笑いながら、サチは父の言葉を思い出していた。

無欲の女なんて見たこともない。

そうして、どこかほっとしていた。生まれた時から抱えていた、母親と直美に対する後ろめたさのようなものからようやく解放されたような気がした。

サチはイヤリングを手にしたまま、声を上げて笑った。

つまずく

朝はいつも大ぶりのカップで、甘めのミルクティを飲む。

三年前、三十四歳の時に離婚してから、公子《きみこ》はそれを習慣にするようになっていた。結婚していた頃、夫は朝起きると、必ず香りのいいほうじ茶を飲んだ。朝食は、白米と味噌汁《みそしる》、卵料理に干物、漬物、納豆、海苔《のり》といった和食が定番メニューだ。それを作るのは公子の役目で、そのために夫より一時間早く起きる。

それぐらい大したことではないと、弁当を作らなければならない子供がいる友人は呆《あき》れたように言ったが、すでに夫婦として破綻《はたん》している夫に、それらを用意しなければならないことに、公子はいつもうんざりした。

平気で作らせる夫も夫だが、作ってしまう自分も自分で、その都度、若い女に心を奪われている夫の気持ちを何とか取り戻そうとしている妻、という構図に、自らはまり込んでいるように思えて臍《ほぞ》を嚙《か》んだ。そして、本当にうんざりするのは、そういう気持ちがないでもない自分だった。

子供がいないせいもあり、離婚話が持ち上がると、呆気《あっけ》ないくらいすんなり成立した。もちろん、それは手続き上のことであって、胸の中の沸騰するような遣《や》り切れなさを意識するあまり、潔《いさぎよ》く判を捺《お》すことで、最後の自尊心を保とうとしただけだ。別れてからしばらくは、そんな自分に呆れ、あの若い女とでれでれしながら暮らしている夫の様子を想像して、ベッドの中で数え切れないぐらい寝返りを打ったものだが、三年たった今、夫の顔も、あの女の顔も、どこかおぼろげになっている。

それもこれも、今の生活に満足しているからだと、公子は穏やかな気持ちでミルクティを啜《すす》る。

夫からは慰謝料と、住んでいた2LDKのマンションを受け取った。マンションのローンは、今も元夫が払い続けている。いくら一部上場の企業に勤め、それなりの給料を受け取っているとはいえ、生活はきついだろう。同情などするつもりはもちろんない。それぐらいの覚悟がなければ、四十近くになって、一回り以上も年の離れた女と一緒になろうなどと、無謀な決断などできるはずがないではないか。

公子は、結婚していた頃からフラワーアレンジメントの教室を開いていたが、離婚後、本腰を入れるようになった。それが思いの外《ほか》うまくいき、教室を週に四回、それからホテルやブティック、結婚式場などの飾り花を手がけるようになっている。今ではアシスタントも雇い入れ、その世界で少しは名前も通るようになった。

「仕事は順調、で、男の方は？」

恵比寿《えびす》の裏通りにある、気軽そうに見えて実は結構な値段のするイタリアンレストランで、今夜、公子は友人ふたりと食事とお喋《しゃべ》りを楽しんでいる。

尋ねたのは、下着の輸入販売会社を経営する冴子《さえこ》だ。

「男はいい。今はひとりで十分」

公子は肩をすくめ、ワインのグラスを口にした。

「まあ、いらないって気持ちもわからないでもないけどね」

「確かに」

頷《うなず》いたのは、大手化粧品会社の広報部に勤務し、その年齢で副部長という肩書きを持つ美和《みわ》だ。

もともと、公子は冴子と大学が同じで、彼女から知り合いの美和を紹介された。三人とも、三十代半ばで離婚経験者、という共通点から気が合い、一年ほど前から、こうしてちょくちょく食事とお喋りの機会を持つようになった。要するに、それなりの立場と経済力を手にした女たちということだ。

「私たちみたいな女に近付いてくる男って、何か信用できないのよね」

冴子の言葉に、公子が尋ねた。

「信用できないって？」

「適当に遊んで、後腐れがなくて、そのうえ小金を持っているからお金の心配をしなくていい、こんな都合のいい女はいないでしょう。それを計算した上で近付いてくるって気がしてならないの」

美和がため息をつく。

「わかるわ。そういうことを言うと、世の中そんな男ばかりじゃない、なんて言う女もいるけど、そういう女に限って、明らかに騙《だま》されているのに『これは恋愛よ』って言い張るのよね」

「私が前に付き合っていた年下の男、最初はよかったんだけど、だんだん変わってしまって。何て言うか、こっちの財布をアテにしだしたの。いつの間にか食事代もホテル代もみんな私持ち。私だって、全部、男に払わせようなんて思ってない。私の方がお金を持ってることはわかってるもの。でも、出されて当然みたいな顔をされたんじゃたまらない。そのうち図にのって、お金を貸してくれって言い出して」

「貸したの？」

公子は尋ねた。

「少しね。まあ二万や三万ぐらいならって気持ちだったの。それが額が増えて、三十万とか言うのよ。そのうち百万とか保証人になってくれとか言われるんじゃないかと思って、別れた」

「貸したお金は？」

「諦《あきら》めた」

「潔いじゃない」

美和が揶揄《やゆ》を込めて言う。

「変に恨まれて、インターネットの掲示板にあることないこと書かれたらたまらないもの。そんなことで会社での信用を失ったりしたら元も子もないでしょう。銀行との付き合いなんかもあるわけだし。手切れ金と思うことにした」

冴子は意にも介さず笑い返した。

美和が白アスパラのソテーを口に運ぶ。

「そういう男じゃない男っていると思う？」

「いるんじゃないの。お金持ちで、口が堅くて、セックスがうまい男。でも、そういう男は、私なんかよりずっと若い女に行くの」

「そうそう。そういうふうにできてるのよ、世の中って。それに、もしそんな男と付き合ったとしても大概妻子持ちでしょう。妻子持ちとの恋愛にうつつを抜かしていられるのは三十代の前半までね。三十七にもなって、仕事以外にエネルギーを費やすのはたくさん。我慢で成り立つ恋愛はごめんよ」

「だからって、独身の若い男にすると、さっきの男みたいにヒモ化するし」

「老いらくの恋に走るには、まだ少しふんぎりがつかないし」

三人は同時に笑い声を上げた。

テーブルの上にメインの皿が置かれた。鹿肉と鴨《かも》と仔羊だ。それぞれシェアし、ワインをもう一本追加する。美和が唇の端を肉汁で光らせながら顔を上げた。

「だからね、今は、私はチャッピィだけで十分なの」

チャッピィとは、美和が最近飼い始めたトイプードルの名だ。ここのところ、会うたびチャッピィの話ばかりで、いかに夢中かよくわかる。今も、レストランに来る前に買ったという、首輪が入った有名ブランドの紙袋が、あいた椅子の上に置いてある。どこかの雑誌で見たことがあるが、確か四万以上したと記憶している。

「あの子がいてくれるだけでもういいの。だって犬は裏切らないもの。全身全霊で私だけを愛してくれる。そんな存在が他にある？　犬がいれば、男なんか必要なくなるっていうのは本当だって、つくづくわかったわ」

聞き終えて、冴子が皿の端にナイフを置いた。

「私は甥《おい》っ子かしらね」

公子は顔を向けた。

「妹の子供なんだけど、ものすごく可愛いの。今、五歳でね、休みのたびに妹の家に行って、どこへでも連れていってあげるし、何でも買ってあげる。見返りなんか何もいらないの。あの子が嬉《うれ》しそうに笑ってくれる顔をみるだけで満足なの。男じゃこうはいかない。結局、いつも何かと引き換えだもの。相手もそうだけど、私もそう。そんな男にも自分にもうんざり。甥っ子への愛情を知ってから、もう男はいいって心から思えるようになったわ」

「私、チャッピィのためだったら何でもできる。あの子を守ってあげられるのは私だけなんだもの」

「そう、守るって感覚がたまらないのよね。それって、恋愛以上に興奮させてくれる」

帰りのタクシーの中で、公子は車窓を滲《にじ》ませる街の明かりをぼんやり眺めていた。

離婚したての頃なら、呆れて聞いた話だろう。確かにもう若くはないが、まだ老いてもいない。犬や甥っ子に愛情を注ぐことで心身ともに完結できるなんて考えられなかったに違いない。

けれども、離婚してから何人かの男と付き合ったものの、残ったのは彼女らと同じ感覚だった。浮き立つ思いを味わう期間に較《くら》べ、遣り切れない、割に合わない、焦《じ》れったさや面倒臭さに費やす時間のどれほど多いことか。

セックスがもたらす快楽も、あればそれにこしたことはないが、なければないでさほど困るものでもない。結婚していた頃、離婚前の二年間は何もなく、あの時はそれが拷問のように感じられるほど性欲だけが膨《ふく》らんだこともあったが、自由にそれができるようになった今、却《かえ》って執着は薄くなった。仕事の面白さがわかるようになってからは尚《なお》更《さら》だ。終わった後に、ベッドの中でとりとめのない会話を続けることが後戯と信じているような男は、人の好《よ》さは認めるが、公子には煩《わずら》わしいだけだ。すでに意識は翌日のスケジュールや花材の選択に向いていて、早くひとりになりたいと思う。

彼女たちにとって、犬のチャッピィや甥っ子が、どれほど心安らぐ存在であるか、今の公子にはよくわかる。性を取り除かれた愛情は、思いがけないほど満ち足りていて、男との駆け引きに疲れた女たちに、無欲という快楽を知らしめる。その心地よさは、少し自虐的で、少し支配的な分、知ってしまうと手放せなくなる。

そして、今の自分にとって、そういう存在となっているのは、たぶん矢沢稔《みのる》だろう。

「花材、教室に運んでおきましたから」

事務所に稔が顔を出した。

「ありがとう」

公子は引き出しから判を取り出し、稔の差し出す伝票に受領印を捺した。

「今日、何か用事あります？」

「悪いけど、その段ボール箱に新しい花器が入ってるから、教室の棚に運んでおいてくれないかしら」

「ＯＫです」

稔は身軽な動作で荷をほどき、隣の教室に運び始める。こんなことはアシスタントにさせればいいのだろうが、稔の方が気安くて、つい頼んでしまう。

稔は、花材を仕入れている花屋に勤めていて、半年ほど前から公子の仕事場に顔を出すようになった。紺色のエプロンの下の、膝《ひざ》の擦《す》り切れたジーンズや、長袖《ながそで》と半袖を重ねて着たＴシャツといった服装から、若いということはわかっていたが、十九歳と聞いた時は驚いた。

「それが終わったら、ちょっとお茶でも飲みに行きましょうか」

「了解」

稔が首を伸ばしてにっと笑う。その顔を見ると、公子はいつも少し誇らしげな気分になる。

稔と初めて顔を合わせた時のことはもうよく覚えていない。何度目だったか、たまたま公子が新しく購入したパソコンの配線に四苦八苦している時に、稔が花材の配達に来た。見かねたように「俺、やりましょうか」と言い、ちょうど投げ出したくなっていた公子は任せることにした。あまり頭がよさそうには見えない稔だったが、てきぱきと作業をしてゆく姿に感心した。近頃の若者は、それくらいできて当たり前なのかもしれない。お礼に千円札を三枚渡そうとしたが、稔は笑いながら首を振った。

「そんなの、いいですよ。これくらいどうってことないですから」

その態度と、結構まともな言葉遣いに、好感を持った。タダというのも気がひける。ちょうどお昼時ということもあり「じゃあ、ランチをご馳走《ちそう》するわ」ということで話はまとまった。

近くの定食屋で、稔はハンバーグ定食の大盛りを注文し、それを見事に平らげるのを、公子はほれぼれと眺めていた。

いいな、と思った。

それは、今まで「男」に対して感じたすべての、いいな、とはまったく質の違ったものだった。

それから時折、公子は稔に頼み事をするようになった。

机や棚の移動、電球の取り替え、簡単なおつかいなどの雑用だ。稔は器用なところがあって、ちょっとした電器屋にも大工にもなってくれた。

稔は北関東の出身で、農業高校を出ている。実家は花の栽培を生業《なりわい》としており、いずれは、地元に帰って跡を継ぐという。

「その前に、東京で少し花のセンスを磨きたいと思って出てきたんです。でも本音を言えば、都会でちょっと暮らしてみたいなあって。親にはもちろん言ってませんけど」
稔は屈託なく笑う。ふふっ、と公子も笑ってしまう。その屈託のなさを可愛らしいと感じるだけで済ませられる立場にいることも楽しい。

自宅に入れるようになったのは、そんな器用さを重宝したからだ。最初はやはり花材を自宅に届けてもらったのがきっかけだった。ついでに、夫が出て行ってからずっとがたついたままになっていた棚を直してもらった。それから、男手が必要な時には稔に連絡するようになった。稔はいやな素振りも見せず、むしろ楽しんでいるかのようにやって来る。

現金を払おうとしても、それはやはり受け取らない。その代わり、公子は食事に連れていくか、ささやかなプレゼントをするようになった。食事といっても近所の気楽なレストランや居酒屋といったところだし、プレゼントといってもCDやTシャツ、少し値が張るとしてもスニーカーやゲームソフトといった程度のものだ。それだって稔は自分から要求したことは一度もなく、公子が「何か欲しいものは？」と聞いて、ようやく遠慮がちに口にする。そんな態度も好もしかった。

「私ったら、稔くんをいいように使って、店のご主人に叱《しか》られるんじゃないかしら」
「いいえ、先生はお得意様なんだから、やれることは精一杯やって来いって言われてます。いつでも呼び出してください」

いつだったか、稔をフレンチレストランに連れていったことがある。相手との約束が急にキャンセルになったのだ。キャンセルは構わないが、せっかく予約の取りづらい人気店を諦めるのは惜しい。何人か知り合いに連絡を取ってみたが、そういう時に限って誰もつかまらない。最後に思い立って、稔の携帯に電話した。

「えーっ、いいんですか。俺、そんな高級なところ行ったことないんですけど」

「いいのよ。じゃあ、お店で待ち合わせましょう。場所はね……」

出掛けにバタバタしてしまい、十分ほど遅れて店に入ると、ウェイティングバーの隅で、うなだれるように座る稔の背が見えた。

「ごめんね、遅くなって」

声を掛けると、振り向いた稔は心底ほっとした顔をした。気のせいか、涙ぐんでいるようにさえ見えた。

「俺、こんなに緊張したの、中学校のリレーでアンカーやった時以来です」

あの時の稔は、あまりにほほ笑ましくて、公子の方こそ泣きたくなった。

「ほんとに、いつもありがとう。稔くんのおかげですごく助かってる」

花器を運んでもらったお礼に、近くのコーヒースタンドに行き、公子はカプチーノを、稔はコーヒーにホットドッグを食べている。

「何言ってるんですか、先生みたいな人にいつもよくしてもらって、俺の方が申し訳ないぐらいです」

稔が頬《ほお》をパンとソーセージで膨らませながら言う。それから、指についたケチャップソースを子供のようにぺろりと舐《な》めた。

「そうそう、それで例の彼女とはうまくいってる？」

公子が尋ねると、稔はコーヒーでホットドッグを流し込んだ。

「何か、結構、うまくいってるんですよ、これが。この間、初めてデートしたんです」

照れるより、真剣に答える稔が可愛らしい。

先日、その話を聞かされたばかりだった。渋谷で、友人たちと女の子をナンパし、一緒にカラオケボックスに行ったという。女の子は三人いたらしいが、その中のひとりの女の子と気が合って携帯電話の番号を教えあったとのことだった。

「よかったじゃない」

公子は心底思う。稔は、見た目は街中の若者と少しも変わらないが、まだ上京して一年あまりということで、どこか都会に気後れしている様子が見て取れた。早く彼女でもできればいいのにと、ずっと思っていた。

「彼女ってどんな子？」

「それが、なかなか可愛いんです。俺なんかにはちょっともったいないかなぁって」

そんなセリフも苦笑を誘うだけだ。

「今度、連れていらっしゃいよ。何かご馳走してあげる」

「いいですよ、そんな」

公子はカプチーノを口にした。

「遠慮しなくてもいいのよ。でも、そうね、ふたりきりの方が楽しいに決まってるわよね」

「そんなことないです」

稔が少し慌てている。

本当は、そんなことはどちらでもいい。稔が彼女とうまくいっているならそれでいい。相手の女の子に興味を持ったというわけでなく、ただ稔をからかうのが面白いだけだ。

お昼時とあって、店のガラス窓の向こうを、サラリーマンやＯＬが行き来している。

ふと、彼らからすると、自分と稔はどんな関係に見えるだろうと考えた。稔とは十八、年が違う。姉にしては年が離れ過ぎている。まさか母親には見えないと思うが、そう思われても別に構わない。それでは逆に、誰かに「彼はどういう存在？」と聞かれたら、何と答えよう。弟でも息子でもなく、美和のチャッピィのような、冴子の甥っ子のような……たぶん、理解してくれる人は少ないに違いない。

ようやく梅雨が明け、アスファルト道路が夏の日差しを照り返して、街全体が熱気で揺れていた。事務所の窓から、公子はうんざりしながら外を眺めた。この日差しと暑さの中を、今からわざわざ出掛けなければならない。

昨夜、かつての夫から電話があった。

「少し話があるんだ。悪いけど、時間をとってくれないか」

元夫は、挨拶《あいさつ》も省略してそう言った。言葉を交わすのは三年ぶりである。少しぐらい「元気か？」とか「仕事は順調か？」ぐらいの前置きをするのがエチケットというものではないかと思ったが、そうされたらされたで公子も言葉に詰まったろう。何より、元夫の言葉の端々に卑屈なニュアンスが含まれていて、公子はすでに警戒した。いい話でないことだけはわかった。

「話ってなに？　電話で済ませられないの？」

「できたら直接会いたいんだ。頼むよ。時間も場所も君に合わせるから」

元夫から懇願されるのは、離婚の時以来だなと考えていた。「離婚を承諾して欲しい」夫は膝に手をつき、頭を下げた。あの時、夫が付き合っていた若い女は、すでに妊娠六ヶ月だった。

少し迷ったが、結局、赤坂にある大きなホテルのティルームを指定した。自宅の近くでも仕事場の近くでも、困る。誰に見られるかわからない。無難な場所を考えたら、そういうところがいちばん適切に思えた。時間も午後二時に指定した。サラリーマンの元夫にしたら、あまり都合がいい時間帯とはいえないだろうが「わかった」と、短く答えが返ってきた。

待ち合わせのティルームには、元夫の方が先に来ていた。席に着くと「わざわざ悪かったな」と、ぬるくなっているコーヒーを口に運んだ。

「お久しぶり」

公子は軽く頭を下げ、ウェイトレスにミルクティを注文してから、三年ぶりに見る元夫の顔を眺めた。思い出そうとする時は、曖昧《あいまい》な輪郭しか持たなかったが、こうして見ると昨日も会っていたような気がする。いや、少し太ったかもしれない。スーツはあの頃着ていたものと同じだが、少しグレーがかったワイシャツとストライプのネクタイは初めて見るものだ。

「仕事、うまくいっているようだね。この間、何とかいう雑誌に載ってたろう。そんなに有名になったのかと驚いたよ」

三ヶ月ほど前「働く三十代シングル女性」というテーマで女性誌から取材を受けたことがあった。小さな扱いだったが、反響は結構あり、あれから十人近くも教室に申し込みがあった。

「驚いた、あなた、女性誌なんか読むの？」

「いや、見つけたのは俺じゃない」

「ああ……彼女」

曖昧だった元夫の顔がはっきりすると、彼女の顔も記憶の底から蘇《よみがえ》った。まだ離婚という言葉が夫の口から出る前に、公子は彼女に会ったことがある。長い睫毛《まつげ》、きめこまかい肌、ぽってりした唇、細い顎《あご》……その愛らしい顔で、しゃあしゃあと「私のせいじゃありません」と言ってのけた。すべては夫と、公子のせいで、自分は被害者のようなものだと涼しい顔をしていた。こんな女に夫を奪われたのかと、あの悔しさは今も胸の底で濁った澱《おり》となっている。

「それで話って？」

公子は尋ねた。

「それなんだが……実は、うちも子供がそろそろ三歳でね。女の子なんだけど、いつの間にか幼稚園の準備もしなくちゃならない時期になったわけだ。どうせなら、信頼できる幼稚園に入れてやりたいと望むのが親心というものでね、恥ずかしいが、俺もそう思っている。俺ももう四十を過ぎたし、子供はひとりだから、できることは全部してやりたいんだ」

公子は鼻白んだ。別れた夫の愛娘《まなむすめ》の話など聞きたくもない。

「お幸せそうで何よりね」

「わざわざ、そんな話をするために私を呼び出したの？」

「いや……」

「そうじゃない、実は……ローンの件なんだ」

ためらいがちに元夫は切り出した。

「離婚の際、残ったマンションのローンは俺が払うという約束だった。俺の勝手でそうなったんだから、当然の義務だと思っていた。君もひとりになれば、何かと生活も大変だろうし、生け花を教えるぐらいでは収入もたかが知れていると思ったんだ。だが今の君は違う。仕事も成功して、たぶん、収入も相当に増えたに違いない。それに較べ、俺のところは、さっきも言ったように、娘のことがいろいろあったりして、正直言って、きついんだ。会社も締め付けが厳しいし、残業代も手当もカットされるばかりでね。それで、本当にこんなことを言うのは情けないんだが、ローンの件を、少し考慮してもらえないかと思って……」

公子はぼんやり元夫の顔を眺めた。

「もちろん、全額免除なんてことは思ってない。せめて半分にしてもらえないかと」

怒りより、呆れるより、笑っていた。

「冗談でしょう」

公子の言葉に、元夫は視線を膝に落とした。

「あれは、経済的な意味で払ってもらっているわけじゃない。私が受けた精神的慰謝料の一部のはずよ。私の収入がどれだけになろうと関係ないわ。私の権利も、あなたの義務も、何も変わりはしないはずよ」

「うん、わかってる。わかってて、敢《あ》えて頼んでるんだ」

「彼女が言ってこいって言ったの？」

「いや……」

「たまたま、私が載った雑誌を見て、何でこんな人にいつまでもローンを払わなくちゃならないの、とか何とか言われたのね」

あの女なら言い出しかねない。可愛い顔をして、甘えた声を出して、自分の得になることしか考えていない。

「違う、そうじゃない」

「お断りよ」

元夫は黙った。

「だってそうでしょう。それはつまり、ローンの分だけ私があなた方家族に支払うってことと同じなのよ。若い女を妊娠させて結婚を破綻させたのはあなたなのに、どうして私が、あなたたちのためにお金を払わなくちゃならないの」

自分の言葉に、少しずつ興奮が増してゆく。

「もし、あなたがローンを支払わなくなったりしたら、私は裁判所に訴えるから。あなたの会社にも乗り込むから。そのこと、覚えておいて」

公子はバッグの中から財布を取り出し、千円札を一枚テーブルの上に置いた。

元夫は言葉をなくしたままでいる。奥歯を嚙み締めているのか、頰だけがわずかに動いている。

「幼稚園なんて、公立で十分じゃないの」

自分が冷たい女だとは思わなかった。こんなことを言ってくるかつての夫と、こんなことを言わせるあの女より、よほどまっとうな人間に思えた。これから先、たとえもっと収入を得るようになったとしても、ローンは必ず元夫に支払わせてゆく。そのことだけは、何があっても変わらない。


それからしばらくして、花屋に出向くと、店の前で、稔が女の子と立ち話をしているのに出くわした。

公子を見ると、稔は照れたように首をすくめ、女の子を肘《ひじ》で突っついた。女の子がわずかに顔を向けた。

「結婚式のブーケを頼まれたから、ちょっと花を見せてもらうわね」

公子が言うと、慌てたように稔が彼女を紹介した。

「あの、真澄《ますみ》です」

「そう、こんにちは」

公子は笑顔を向けた。若いと思う。稔と同い年の十九歳だ。少し化粧は濃いような気がするが、可愛い部類に入るのかもしれない。

「ほら、この人が前に話したお花の先生だよ」

稔の言葉に彼女が頷き「どうも」と、ぺこりと頭を下げた。

公子は店に入った。花屋のひんやりした空気が公子は好きだ。溢《あふ》れる葉がたくさん酸素を吐き出しているせいか、呼吸が楽になる。植物は花よりも、葉が生きている。

店主が奥から顔を出し、愛想のいい笑みを浮かべて近付いてきた。

「毎度ありがとうございます」

「ブーケ用の花を見せてもらおうと思って」

「どうぞ、ゆっくりご覧になっていってください」

ちらりと入り口に目を向けると、通りでまだ稔と彼女が立ち話をしている。店主がそれを見咎《みとが》めて、大声を上げた。

「おーい、稔、いい加減にしとけよ。配達残ってるだろう」

それを背中で聞きながら、公子は白薔薇《しろばら》に手をのばした。選択としては平凡だが、薔薇の豪華さはやはりブーケに欠かせない。稔の「すいません、今行きます」という声で、公子はその姿勢のままでわずかに顔を向けた。稔が店に入ってくる。ウィンドウの向こうに、まだ彼女の姿があった。ふと、目が合った。

その瞬間、胸に投げ込まれた感覚を何と言えばいいのだろう。

「痛っ」

公子は慌てて指を引っ込めた。

「あ、すみません。棘《とげ》、残ってましたか」

店主が言った。

「いいえ、大丈夫ですから」

見ると、人差し指に丸く小さな血が盛り上がっていた。再び、顔を向けた時には、彼女の姿はもう見えなくなっていた。


「ありがとう、本当に助かった。お礼に、たっぷりご馳走しちゃう」

今日は、青山のブティックでショーウィンドウを飾る仕事があったのだが、アシスタントの都合がつかなくなり、急遽《きゅうきょ》、稔に手伝ってもらったのだ。

かなり大きな花瓶への投げ入れで、夕方から始めて、終わったのは八時を過ぎていた。

「お寿司でいい？　近くにいいお店を知っているの」

稔は切り落とした枝や葉を袋に詰めている。

「あの、先生の言ってる寿司屋って、回転寿司じゃないんでしょう」

こんなほほ笑ましいことを言って、稔はいつも公子を喜ばせる。

「まあ、そうね」

「俺、そんな高級なところには行ったことないから。それに値段も高いんでしょう」

「気にしないの、たまには贅沢《ぜいたく》しなくちゃ。今日は特別に働いてもらったんだもの」

「一万とか二万とかするんでしょう。それって、俺の何回分の夕飯代になるだろう」

公子は手を止めて、稔を見た。

「そっちの方がいい？」

「え？」

「お寿司よりアルバイト料の方がいいかしら。もちろん、それだって構わないのよ。いつもと違って、今日はちゃんと仕事として働いてもらったんだもの、支払うのは当然なんだから」

稔はしばらく黙った。それから、小さく頷いた。

「すいません、じゃあ、そうさせてもらっていいですか」

稔は変わってしまった。

頼めば、今までと同じように雑用を気安く引き受けてくれるが、お茶にもランチにも首を振る。CDやゲームソフトも欲しがらない。Tシャツやスニーカーもだ。「遠慮しなくていいのよ」と言うと、困ったように「彼女から叱られちゃって」と、頭を掻《か》いた。

「どうして？」

「いつも先生から、物を貰《もら》ったりご馳走になったりするのはよくないって」

「やきもちかしら」

笑ってしまう。

「いや、そんなんじゃないんですけど」

「でも、それじゃ気がひけて、何も頼めなくなるわ。それだと、私、すごく困るのよ」

「それなら」

稔はしばらく言い淀《よど》んだが、やがて決心したように顔を向けた。

「あの、何回分かまとめていただくようにしてもいいですか」

その分のアルバイト料、つまり現金が欲しいと言ったのだ。

「その方がいいの？」

「いえ、本当はそんなつもりぜんぜんなかったんだけど……彼女も、そっちの方が先生もきっと気が楽だって言うから」

胸の底の濁ったものがわずかに舞い上がる。

「そう、わかった。じゃあこれからそうさせてもらうね」

彼女が裏で糸を引いている。悪知恵を稔に吹き込んでいる。女はいつだって、自分に得をもたらすことしか考えていない。何をこっそり稔に耳打ちしたか、目に見えるようだった。

本当は、花屋の店先で彼女と目が合った瞬間、何もかもわかっていた。あの女は、夫を奪っていった女と同じ目をしていた。いけしゃあしゃあと、元の妻にローンの免除を夫に申し込みに行かせることができる、欲深い女の目だ。

「こんちは、花材を届けに来ました」

いつものように稔が事務所に顔を出した。

「ありがとう、ご苦労さま」

伝票を差し出しながら、稔が尋ねる。

「今日、何かすることあります？」

「ううん、ないわ」

「そうですか」

稔は少しがっかりしている。そんなにお金が欲しいのか。そのお金で、彼女と飲んだり食べたり、時には、セックスに使うコンドームを買おうというのか。いいや、稔はそんな子じゃない。心根の優しい、純真な子だ。こんな稔にしたのは、みんなあの女だ。

「じゃあ、今日はこれで失礼します」

「ねえ、稔くん」

公子が呼び止めた。

「あなたの彼女、何をしているの？　学生さん？」

「いえ、渋谷の電器屋で携帯電話を売ってます」

「あら、そうなの。ちょうど新しいのに買い換えようかと思ってたところなの、お店はどこ？」

稔は店の名を言い、簡単に場所を説明した。

「彼女の名前、何て言ったかしら」

「森井真澄です。もし、先生が行ってくれたら、彼女、きっとものすごく喜ぶだろうなぁ」

稔は無邪気に笑った。


興信所は、以前、夫の愛人を突き止めるために使ったところに頼んだ。

十日もしないうちに、茶封筒に入った報告書を手渡された。思った通りだ。彼女はろくでもない女だった。

高校中退はいい。ただ、理由が教師と性的関係を結んだことが原因となると話は別だ。

今のアルバイトの前は、風俗店で働いていたという。

なるほど、と思った。男から金を巻き上げることを職業としてきた女となれば、稔を利用して公子から金を引き出そうという発想も当然だ。

今は小さな額かもしれない。けれども、いつか法外な金額を口にする時がくるかもしれない。今のところ、稔との穏やかな関係は何とか保たれているが、いつあの女に台無しにされてしまうかわからない。稔はそのことに少しも気づいていない。

何も知らないかわいそうな稔。どうしてあんな女に引っ掛かってしまったのだろう。きっとそれも稔の人の好さゆえだ。稔の恋人となるのは、もっと稔にふさわしい、可愛くて優しくて思いやりのある女の子でなければならない。

何とか手を打たなければ。稔があの女の手管《てくだ》に巻き込まれてしまう前に。

その日の夕方、公子は稔の携帯電話に連絡を入れた。

「あとでちょっと事務所に顔をだしてくれる?」

そう言うと、稔はいつものようにのんびりした声で「いいですよ」と答えた。夕方四時過ぎ、稔はやってきた。

「今日はどんな手伝いですか。俺、何だってやっちゃいますよ」

「そうじゃないの、どうぞ座って」

公子はソファに稔を座らせた。話をどう切り出そうか、公子は迷っていた。稔を傷つけたくないという思いは強いが、本当のことを知らさなければ、結局、稔が不幸になるだけだ。稔は若い。これからだって、いろんな女の子と付き合える。あんな女に騙されて、時間を無駄にすることはない。稔には将来、田舎《いなか》に帰り、そこで可愛らしい妻と共に花や植木を育てるという未来が待っている。

「私ね、稔くんみたいに真面目《まじめ》で誠実な男の子って、めったにいないと思うのよ」

公子の言葉に、稔はカップを持つ手を止めて、照れたように笑った。

「どうしたんですか、やだなぁ、急に」

「本当にそう思ってるのよ。稔くんが作る花なら、きっと素晴らしいものができる。私はね、いつかその花を使って花を生けるのを楽しみにしているの」

稔は何と答えていいかわからないのか、ただ笑っている。

「でもね、世の中にはいろんな人がいるの。あなたのようないい子を騙そうとする、悪い人間なんかがね。だから、気をつけなきゃ。そういう人間って、大概、猫をかぶっているからすぐにはそれとわからないけど。ほら、花だってそうでしょう。鈴蘭《すずらん》や夾竹桃《きょうちくとう》にも毒があったりするでしょう、それと同じよ」

稔が怪訝《けげん》な顔つきで、公子を見つめた。

「あのね、驚かないで欲しいんだけど」

公子は封筒を差し出した。傷つく稔を見るのは胸が痛いが、知らん顔などできるはずもない。稔はきっとわかってくれる。稔はまだ若くて世の中というものを知らないが、大切なことはちゃんとわかる子だ。

「何ですか？」

「とにかく、これに目を通して欲しいの」

稔は封筒を受け取り、中から書類を取り出した。少しずつ、表情が強張《こわば》っていくのが見てとれた。

「あの」稔の声がいくらか掠《かす》れていた。

「これは先生が？」

「ごめんなさいね。あなたを傷つけたくなかったのよ。でも、どうしても放っておけなかったの。あなたが、彼女に操られて、どんどん変わってゆくのを見ていられなかったの。だからあの子のことを調べさせてもらったの」

「何で……」

「私はね、稔くんが大切なの。大切な人を守りたいって思うのは当然でしょう。悪いけれど、あの子は稔くんにふさわしくない。あなたもこれでよくわかったでしょう」

「俺……」

言い掛けたものの、稔は言葉を呑《の》み込んで、ソファから立ち上がった。

「すいません、俺、失礼します」

そう言い、心なしか頼りない足取りで、ドアに向かっていった。

その姿が消えてから、公子はソファに身体を預けた。

仕方ない、と思う。彼女の正体を知って、気が動転するのも無理はない。ついこの間まで、初めてできた彼女だと、あんなに喜んでいた。それが、とんでもない性悪女だったとわかれば、ショックと落胆は計り知れないはずだ。今はそっとしておこう。稔はまだ若い。すぐけろりとして、いつものように事務所に花を届けに来るに違いない。

けれども、三日たっても五日たっても、稔は現れなかった。代わりに、痩《や》せこけた不健康そうな男がやって来た。六日目にその男が現れた時、たまりかねて公子は尋ねた。

「稔くんはどうしたの？」

男からは「別の配達に行ってます」と素っ気ない返事があった。

やっぱりそうか、と、公子はますます稔がかわいそうになった。稔は公子に顔向けができないと思っているのだ。世間ずれしていない男の子というものは、物事には「なかったことにする」という解決法があることを知らない。

その日の夕方、公子は教室を終えてから、花屋に向かった。すぐに、店の奥で稔が入荷したばかりの花を水切りしているのが目についた。

「稔くん」

声を掛けると、稔は驚いたように振り返った。

「元気だった？」

稔は黙ったまま公子を眺めている。

「いつ来てくれるのかしら。いろいろ頼みたいことがあるのに、稔くんが来てくれないから困ってるのよ」

稔は何も答えない。返事の代わりに、三度、ゆっくり瞬《まばた》きした。

「じゃあ、待ってるわね。明日はきっと来てね」

それなのに、稔は翌日も顔を出さなかった。携帯電話に掛けてみると、留守番メッセージが流れてきた。「連絡をください」と伝言を入れておいたが、電話はない。もう一度掛けても同じだった。

仕方なく花屋に電話を入れ、店主に稔を寄越《よこ》してくれるよう言うと「わかりました」という答えがあったが、来たのはまた痩せこけた男だった。翌日も携帯電話はつながらず、再び花屋に電話を入れると、店主はまた「わかりました」と答えるのだが、やはり来るのは痩せこけた男だ。そんなことが一週間ばかり繰り返され、店主が恐縮した声で謝った。

「あの、稔は今、仕入れの方の仕事をしてまして、配達は別の者が担当するようになりました。なので、なかなか先生のところに伺うことができなくなってしまいまして」

「あら、そうなの。じゃあ申し訳ないけれど、仕事が終わってからでも、事務所にちょっと顔を出してくれるように伝えてもらえます？」

「はい、伝えることは伝えますが……」

少し間があり、店主の戸惑ったような声が耳元に流れてきた。

「あの、先生……先生には、いつもご贔屓《ひいき》いただいているし、稔を特別に可愛がってもらっていることにも感謝しています。ただ、何て言うか、稔はまだ若いし、世間のこともよくわからない田舎者です。私も、両親から預かった責任があります。あの、気を悪くなさらないで欲しいんですが、どうか、稔のことは放っておいてやってくださいませんか。その代わり、新しく伺っている者に、何でも用事を言いつけてやってください。うちはぜんぜん構いませんので。本当にすみません。よろしくお願いします」

店主が誤解しているのではないかと気づいたのは、電話を切った後だった。

もしかしたら、公子が稔に恋慕しているとでも思っているのではないだろうか。思わず笑った。冗談じゃない。稔には、女としての感情など欠片《かけら》も持ち合わせてはいない。もしそうなら、むしろ、あっさり見捨てただろう。かつて、夫と離婚したように。そうではないから、そんなやましい心持ちでないからこそ、放っておけないのだ。

しばらくして、アシスタントや生徒たちの間で、噂《うわさ》が広がっていることを知った。

「親子ほど年の違う花屋の店員を追い掛け回している」

ということになっているらしい。どうやら、あの痩せこけた配達員が、あることないこと面白おかしく吹聴しているようだ。

まったく、どうしてそんなふうにしか考えられないのだろう、腹が立つというより、公子は不思議でならなかった。何かというと恋愛沙汰《ざた》に納めたがる。そうでない愛情、たとえば美和のチャッピィへの思いや、冴子の甥っ子に対する愛《いと》しさ、そんな形もあるということが、どうしてわからないのだろう。

誰に何と言われようとどうでもいい。そんなことより、公子は稔が心配でたまらなかった。あれからも携帯に電話を掛けているがいつも留守電状態になっている。花屋に行っても店主から「市場に行ってます」などという答えがあるばかりだ。稔はどうしているだろう。

仕方なく、公子は仕事を終える稔を待ち伏せることにした。午後八時過ぎ、稔が店の裏口から通りに出てきた。少し疲れた顔をしていた。

「稔くん」

振り向いた稔の顔に、驚きが広がってゆく。

「よかった、やっと会えた。どうしてたの？　元気だった？　あれからずっと気になってたのよ。何だかみんなが好き勝手なこと言ってるけれど、何も気にすることはないの。

あんなの放っておきましょう。それより、ごはんは食べた？　まだなら、どこかでおいしいものでも食べましょうか。あなたに頼みたいこともいろいろあるのよ。壁に絵を掛ける釘《くぎ》を打ってもらいたいし、事務所のドアの蝶番《ちょうつがい》も直して欲しいし」

「先生……」

心なしか、稔の唇が震えている。

「すみません、もう、勘弁してください」

「いやだ、何を謝っているの。私は何も怒ったりしてないわ。気にすることはないのよ。若い頃っていろいろあるの。そういうものなんだから」

「お願いです、俺のことはもう放っておいてください」

「どうして。放っておけるわけがないじゃない。稔くんがちゃんと一人前になって、いい恋人を見つけて、田舎に帰って花を栽培し始めるまでは……」

「いい加減にしてくれ！」

稔が叫んだ。公子は驚いて稔を見上げた。

「もう、やめてください。俺につきまとわないでください」

ほとんど泣き声に近かった。

「どうしてそんなことを言うの」

「もうたくさんなんだ、迷惑なんだ」

「以前のあなたは違った。あんなにいい子だったじゃない。元の稔くんに戻って。あの稔くんが、本当のあなたなのよ」

稔は一歩後退《あとずさ》りした。そしてもう一歩。それから背を向けて、猛然と駆けていった。

翌日、携帯に電話すると着信拒否になっていた。花屋に連絡すると、店主が「稔は辞めました」と、ぎこちなく告げた。


稔のアパートの窓には、明かりがついていなかった。

公子は闇《やみ》に塗り込められた窓を見上げ、ため息をついた。帰るまで待つしかなさそうだ。鉄の階段に腰を下ろし、空を見上げた。月は見えない。申し訳程度に、ふたつみっつ、星らしきものが浮かんでいる。

仕事を成功させ、経済的に安定し、いくつかの恋を経てきた女たちが望むもの、それは男でもセックスでもない。与えることだけで、満たされる対象。代価を求める必要がないということ。何の期待も持たずに済むということ。守るということ。それが、どれだけ心を安らげてくれるか、公子は今しみじみわかる。自分にはチャッピィも甥っ子もいないが、稔がいる。

人の気配を感じて、公子は顔を向けた。

通りに稔の姿が見えた。公子は思わず笑みを浮かべ、立ち上がった。しかし、稔はひとりではなかった。隣にはあの女がべったりと張り付いていた。

稔が公子に気づき、足を止めた。街灯に照らされる稔の顔がみるみる強張ってゆく。

「何でここに……」

掠れた声が聞こえた。

「何度電話してもつながらないし、お店に聞いたら辞めたというから、心配になって来てみたの」

「帰ってください。俺のことは放っておいてくれって言ったでしょう」

「どうしてそんなことを言うの、心配で放っておけるわけないじゃないの。来てよかった、こんなことじゃないかと思ったの」

「ちょっとおばさん、いい加減にしてよ」

言ったのは真澄だ。

「あなたと話してないわ」

こんな女とは口をきくのもイヤだ。こっちまで穢《けが》れる。

「稔くん、報告書を読んだでしょう。それなのにどうして一緒にいるの？　その女にしつこくされているの？」

「私の経歴を調べ上げるなんてどういうことよ。これってプライバシーの侵害っていうんじゃないの？」

稔の代わりに女が口を出す。

「あなたは黙ってて、私は稔くんと話しているのよ」

公子はぴしゃりと言い返す。

真澄は呆れた顔をした。

「ねえ、あんた、どうかしてるんじゃない。親子ほども年の違う稔に入れ込んじゃって、自分がしてることわかってるの。それなりに有名な先生なんでしょう。こんなことして、信用なくしたりしたくないでしょう。もう、やめようよ、いい加減にしようよ。私たちに構わないで」

この女は何もわかっちゃいない。稔に対する思いは、この女が考えているような下品なものじゃない。

「これ以上、稔につきまとったら、警察呼ぶからね。脅しじゃないからね。本気だからね。行こう、稔」

真澄は稔の手を取ると、公子の横を通り過ぎ、階段を上っていった。

よこしまな気持ちなんかじゃない。見返りなんか何も求めていない。私はただ稔を守りたいだけだ。

ドアが閉じられる音がした。

このままでは、稔は完全にあの女に毒されてしまう。引き下がれるはずがない。

夫を盗んだうえに、稔までめちゃくちゃにしようというのか。夫は諦めたが、稔はそうはいかない。稔を守れるのは私しかいないのだから。

公子は階段を駆け上り、ドアを叩《たた》いた。

「稔くん、ちゃんと話しましょう。話せば、あなたもきっとわかるはずよ。そんな女の言葉なんか信用しないで。稔くん、ドアを開けて。以前のあなたに戻って。ね、稔くん、稔くん」

どれくらいドアを叩き続けただろう。遠くに聞こえていたサイレンが近づいてきて、やがてアパートの前で止まった。

公子はゆっくり振り向いた。パトカーの点滅する明かりで、公子の顔が闇に浮かんでは消える。

違う、違う、そうじゃない。私はただ、ただ、稔くんを……。

パトカーのドアが開き、警官がふたり、硬い表情で降りてくるのが見えた。

ロールモデル

かんかんかん。

風に乗って、踏切の警報機の音が流れてくる。

ずいぶん遠くにあるのに、時折、こうして聞こえてくる。

理美《さとみ》はその金属音が嫌いだった。これが聞こえると、悪いことが起きそうな気がして落ち着かなくなる。

そして、まさに今夜がそうだった。

電話を切って、理美は夫の雅之《まさゆき》を振り返った。

「藍子《あいこ》のご主人、亡くなったんですって……」

ソファに寝転んでテレビを観ていた雅之が、ゆっくり顔を向けた。

「へえ、そりゃまた大変だな」

雅之にしてみれば一面識もない藍子の夫、俊一《しゅんいち》の死など他人事《ひとごと》に過ぎないだろう。ただ、自分と似たような年ということは知っているので、いくばくかの感慨はあるかもしれない。

理美はキッチンに戻り、食器を洗い始めた。

通夜は明日、告別式は明後日だそうだ。

電話で手伝いに行こうかと言ったのだが、藍子は静かに遠慮した。

「あちらのお兄さんと、会社の人がみんな仕切ってくれるから」

その声には、さすがに疲労と落胆が色濃く滲《にじ》んでいて、理美は胸が痛くなった。

あまりに突然の死だった。その現実はそう簡単に受け入れられるものではないだろう。ましてや、藍子には理美の娘と同い年の息子がいる。これからのことを考えれば不安も計り知れないに違いない。

あの藍子がこんな不運に見舞われるなんて。

と、理美は信じられない気持ちだった。美人で聡明《そうめい》な藍子は、いつだって陽がさす道を歩いてきた。藍子のすることに間違いはなかったし、藍子の選んだものは完璧《かんぺき》だった。そんな藍子を、高校生の頃から、理美は圧倒されるように眺めてきた。

喪服を出しておかなくちゃ。

後片付けを終え、娘の絵梨《えり》を寝かしつけてから、理美はクローゼットを開けた。

六年前、二十八歳の時に理美は雅之と結婚した。藍子とほぼ同時期だった。あの頃は、よく一緒にキッチン小物や雑貨などの買物に出掛けたものだ。新居となる社宅の、壁紙やカーテンを選ぶにも相談に乗ってもらった。互いが持つ家具の中には同じデザインのものもある。

藍子はもともと何に対してもセンスがよく、理美はいつも参考にしていた。もっと言えば、真似《まね》をしていた。髪型に化粧法、服やアクセサリーなどは、藍子に「理美にはこれが似合う」と言われると、迷わずそれに決めた。そうすると周りの人からも必ずといっていいほど褒められた。大学もランクは下だけれど同じ社会情報学部に進んだし、就職も、藍子のように大手銀行というわけにはいかなかったが、中堅の信用金庫に決めた。何につけてもその調子だった。

この喪服もそうだ。

冠婚葬祭のための服を一枚持っておこうと、渋谷のデパートに一緒に出掛けた時、藍子が選んでくれたのだ。

「理美は色白だから、ちょっと青みがかった黒が似合うと思うのよ。それにAラインの女らしい感じのデザイン」

その一言で、これしかないように思えた。

けれども、あの時はまさかそれを藍子の夫の葬儀に着ることになろうとは考えもしなかった。

翌日の夕方、理美は絵梨を近所の知り合いに預かってもらい、通夜に出向いた。

予想はしていたが、藍子はすっかり憔悴《しょうすい》し、身体も一回り小さくなっていた。美しさに変わりはないが、今まで見たこともない藍子の打ちひしがれた姿に、理美はいったい何と言葉を掛けていいのかわからなかった。

「この度は……」

「ああ、理美、わざわざありがとう」

そう言って、顔を上げた時の藍子の泣き腫《は》らした目をみたとたん、理美もまた涙を溢《あふ》れさせた。

「何でこんなことに……気を落とさないでね、元気をだしてね」

「ええ、ええ」

藍子が言葉を詰まらせながら頷《うなず》いている。

「私にできることがあったら何でも言ってね。本当に何でも」

それだけ言うのが精一杯だった。

家に帰ると、理美はダイニングの椅子に座り込んでしばらくぼんやりした。絵梨は雅之が迎えに行き、もう部屋で寝ている。雅之はいつものようにソファに寝転がってテレビを観ている。

「どうだった、通夜」

雅之の言葉にふと我に返った。

「たくさんの人だった。藍子ったら、すっかりやつれて」

「そうか、まあそうだろうな」

「ご主人、まだあんなに若いのに、呆気《あっけ》なく病気で死んじゃうなんて、藍子、本当にかわいそう」

藍子の姿を思い出し、理美はまた涙ぐんだ。

「友達のことばかり言ってられないぞ。俺だって似たような年なんだ、いつ何時ころっといくかわからない。厄年も近いしな。その辺りで病気になる奴が結構いるって聞くしさ」

「やだ、縁起でもないこと言わないで」

もともと雅之の家系は高血圧で、舅《しゅうと》も六十歳にならないうちに他界している。それもあって理美はなるべく塩分を控え、コレステロールの低い食事を作るよう心がけている。濃いめの味付けが好きな雅之が、それに物足りなさを感じているのは知っているが、もし雅之に何かあったら……それを想像すると、通夜の席での藍子の姿と自分が重なって背中が固くなった。

「しかし、彼女も大変だな。確か子供は絵梨と同じ年だろう。生活費にしても学費にしても、これからいろいろかかるわけだ。生命保険とかどうなってるのかな。いやいや、結構、入ってたりして」

「やめてよ、こんな時に」

理美が睨《にら》むと、雅之は小さく首をすくめた。

「おっと、俺は風呂に入ってくるわ」

雅之がソファを立ってゆく。

あんな言い方をしているが、雅之は質《たち》の悪い男ではない。根はまじめで思いやりもある。もう少し給料がよかったら、もう少し昇進してくれたら、などという他愛ない不満はあるが、雅之と結婚してよかったと心から思っている。

考えてみれば、これも藍子のおかげだった。

同僚の雅之から結婚を申し込まれた時、正直なところ、理美はあまり気が進まなかった。雅之がいい人であることは承知していたが、結婚まで気持ちを高揚させるにはどこか物足りないところがあった。そのことを藍子に相談するつもりで「一度、会って欲しい」と頼んだ。

男を藍子に会わせると、ろくなことにならないのはわかっていた。男は大概、藍子に惹《ひ》かれてしまう。こっそり電話番号を聞いたり、会社の前で偶然を装って待ち伏せしたりする。そうやって今まで何人の男を失っただろう。

だからと言って、理美はそのことを気にしているわけではなかった。男がどれだけ興味を抱いても、藍子は決してそれを受け入れることはなかったし、何より、理美にとって、男より藍子の方がずっと信用できる存在だったからだ。

いつだったか、藍子が「やめておいた方がいい」と、首を横に振った男とこっそり付き合ったことがある。男のセックスにすっかり魅せられて、藍子の助言など耳に入らず、何がなんでもこの男だけは自分のものにしておきたいと思った。けれども、三ヶ月もすると男は金をせびり始めた。最初は一万二万程度だったが、やがて十万二十万と桁《けた》がひとつ上がった。拒否すると殴られた。やっとの思いで別れられた後、理美はつくづく後悔した。

やっぱり藍子の言葉に従っておけばよかった。

あれ以来、恋人らしい男ができると、藍子と会わせるのが習慣のようになっていた。もし藍子に合格点を出されない男だったら、それで終わりだ。

雅之の時もそうだった。結婚を申し込まれてすぐ、藍子と三人で食事に出掛けた。外《がい》苑《えん》にある小さなビストロだった。

「私の、高校の時からの友人の藍子よ」

「はじめまして」と、藍子がたおやかに笑顔を向ける。大抵の男が、一瞬にして心を惑わされてしまう笑みだ。

けれども意外なことに、雅之が藍子に特別な興味を向けるようなことはなかった。最初から最後まで、理美の友人ということで淡々と接していた。食事を終えて、バーに飲みに行くことになっても、藍子を誘いはしなかったし、バーの会話の中にも「彼女、付き合ってる男はいるの？」などと、探りをいれるようなこともなかった。

へえ、と思った。この人は今までの男とは違うかもしれない。けれども逆に考えれば、藍子に惹かれないなんて、とてつもなく野暮な男かもしれない。その判断が理美にはつきかねて、翌日、藍子に尋ねた。

「ねえ、彼のことどう思う？」

藍子は深く頷いた。

「あの人なら大丈夫。きっと理美を幸せにしてくれる」

藍子のお墨付きをもらったような気がして、急に雅之の株が上がった。藍子が言うなら間違いない。今までみんなそうだったではないか。

藍子はその頃付き合っていた俊一と、すでに結婚の約束をしていた。藍子が結婚するなら、自分もしたいと思った。藍子と同じというわけにはいかないが、せめて似たような道を歩いてゆきたい。そうしたら、藍子ほどではないにしても、自分もそれなりに幸福を手にすることができるように思えた。

結婚してすぐに専業主婦に納まったのも、子供を産む時期も、すべて藍子を見習った。それはやはり正しかったと、理美は今もつくづく思う。こんなにも自分は穏やかな幸福を手に入れられたのだから。

告別式を済ませ、初七日が過ぎ、四十九日の法要を終えても、藍子は抜け殻のようだった。

ケーキやフルーツを手に、ちょくちょく訪ねるようにしているのだが、いつ行っても藍子は肩を落とし、遠くを見つめていた。

「ちゃんと食べてる？」

「食欲がなくて……」

藍子のこけた頰《ほお》に薄く影がさしている。

「駄目よ、ちゃんと食べなきゃ。優《まさる》くんのためにも」

そんな藍子を見ているせいか、やんちゃだった息子の優も、すっかりおとなしくなっている。

「ねえ、今度、絵梨と四人でどこかに出掛けない？　ちょっとした旅行とか。藍子のつらい気持ちはわかるけど、いつまでもこのままだったら藍子も優くんも本当に参ってしまう。私、そんなふたりを見てられない」

藍子はわずかに顔を上げ、また瞳の端を潤ませた。

「ありがとう、理美だけよ、こんなに私たちのことを心配してくれるの」

「何言ってるの、友達じゃないの。何でも言ってね、いつでも私を頼ってね。遠慮なんかしないで」

「うん……」

藍子は肩を落とし、また嗚咽《おえつ》した。

藍子にこんな人生が訪れるなんて、まったくもって驚きでしかなかった。藍子はいつだって、陽のあたる道を幸福に歩いてゆくものと思っていた。世の中には選ばれた人というのがいる。意図しなくても、幸運が転がり込んでくる。藍子はまさにそういうひとりだと信じていた。

けれども、人生はやはりそううまくはいかないのだろう。結局は辻褄《つじつま》が合うようにできている。藍子は幸運を人生の前半でみんな使い果たしてしまったのかもしれない。

それに較《くら》べて、今の自分は何て幸運なのだろう。

居間で、雅之と絵梨が並んでテレビゲームに熱中している後姿を眺めながら、理美はほほ笑んだ。

若い頃、自分に幸運など訪れるはずがないと思っていた。幸運は数が決まっていて、多くを手にする者がいれば、割を食う者がいる。それがまさに藍子と自分だった。

一時、そのことに卑屈になり、藍子と疎遠になったことがある。そうして自分に似合いの女たちと付き合ってみた。けれども、すぐに飽き飽きした。彼女らは、貧乏臭いいじけた思いを身体中に満たしていて、他人の幸運に対して背筋が寒くなるような敏感さで嫉《しっ》妬《と》心《しん》を抱く。自分以外の誰かが手にするどんな小さな幸運も許さず、選ばないことと、選ばれないことを都合よくシャッフルする。

こんな女たちと一緒にいても不運を競い合うだけだ。藍子のそばにいて、幸運のおこぼれを貰《もら》う方がどれほど有意義だろう。

その判断は正しかった。結婚して六年、雅之はまじめで、絵梨もまっすぐ育ってくれている。

それからしばらくして、理美は強引に藍子を小旅行に連れ出した。

新幹線で一時間と少し。ペンションは温泉つきで、子供の喜びそうな遊園地も近い。

最初はしぶっていた藍子だったが、出掛けてみると少しは気分も晴れたのか、優や絵梨のはしゃぐ姿を眺めながら、久しぶりに笑みをこぼした。

「よかった、やっと笑ってくれた」

理美の言葉に、藍子は小さく頷いた。

「私も、もう笑うことなんてないような気がしていたけど」

「ほんとに大変だったものね。今も信じられない気持ちよ、俊一さんがいないなんて」

「でも、そのことを受け入れなくちゃいけないのよね。私には優がいるんだもの。あの子には、もう私しかいないんだもの」

「藍子……」

「ありがとう、理美。誘ってもらってよかった。私、しっかりする」

自分が藍子の役にたてたことが、理美はただただ嬉《うれ》しかった。

一泊の短い旅行の帰り、新幹線の駅の売店で、藍子が何やら迷っている。

「どうしたの？」

「可愛いポーチがあったから買おうかと思うんだけど、どっちにしたらいいかなって」

藍子はそう言って、ビーズ刺繍《ししゅう》が施されたピンク色のものと、エスニックな柄のベージュ色のポーチを指差した。

「ねえ、理美ならどっちを選ぶ？」

「そうねえ……」

理美は戸惑っていた。藍子からそんな質問を受けたのは初めてだ。いつだってそれは理美の方のセリフだった。

ねえ藍子、どっちがいい？　あの人のことどう思う？　私はどうしたらいい？

理美はふたつのポーチを眺めた。ベージュ色も洒落《しゃれ》ているが、今の藍子には華やかなピンク色の方がふさわしいように思えた。

「……こっちかな」

理美はためらいがちにそれを指差した。

「じゃあ、それにする」

藍子はあっさりピンクのポーチを手にした。

レジで支払いをする藍子の後姿を、理美は呆気に取られたように眺めていた。

たぶん藍子は気にもとめていないだろう。けれども、理美にとってそれは衝撃にも似た出来事だった。藍子のために何かを選ぶ。藍子が理美の言葉に従う。そんなことが今まであっただろうか。

嬉しさだけではなかった。驚きだけでもない。胸の奥にゆるりと湧《わ》いてくる優越感のようなものを、理美は初めて舌先で探るように味わっていた。

いつか藍子はすっかり理美を頼るようになっていた。

世話になった友人知人への挨拶状《あいさつじょう》の文面について。亡くなった夫の持ち物の処分について。母子家庭として役所に申請するさまざまな手続きについて。舅姑《しゅうとしゅうとめ》との付き合いについて。これからのこと。これからの生き方。

「ねえ、どうしたらいい？」

そう問われると、理美はこの上もなく満ち足りた気持ちになった。ましてや、藍子は従順に理美の言葉に従うのだ。くすぐったいような、誇らしいような気持ちだった。

そしてふと思う。こんな思いを、藍子はずっと味わってきたのだろうか。


対面式のキッチンから、洗い物をしながら理美は雅之に声を掛けた。

「ねえ、今日電話でね、藍子から働きにでようかって相談されたのよ」

雅之はテレビに目を向けたままだ。画面はサッカーの試合を映している。

「これからのことを考えたら、やっぱり働くのは大切だと思うのね。でも、優くんのことがあるでしょう。今はまだお父さんがいなくなったことをよくわかってないし、藍子はずっと専業主婦で家にいたし、急にひとりで留守番させるのはかわいそうかなって気がするのね」

「ふうん」

気のない返事だったが、そんなことはどうでもいい。雅之に真剣に聞いてもらいたいわけじゃない。

「外に出ることは、藍子にとっても必要だと思うのよ。経済的なことだけじゃなくて、家にじっとしていても、俊一さんのこと思い出すだけだもの。だからね、私は勧めようと思うの。急にフルタイムで働き始めるのはちょっときついから、アルバイトとかパートとか、まずはそういうところから始めたらって」

「やった、ゴール！」

雅之はサッカーしか頭にない。いつもなら、文句のひとつも言ってやるのだが、今夜はそれさえほほ笑ましく感じられる。男としての魅力という点では、俊一よりはるかにレベルが低いかもしれないが、健康で元気に会社に通ってくれている。それで十分ではないか。

結婚したての頃は、藍子の半分にも満たない幸せのような気がしていた。もちろんそれでも満足だったが、こうなった今、自分の方がはるかに幸福を手にしていることを実感する。今日も藍子は電話で言っていた。

「理美が羨《うらや》ましい」

立場はすっかり逆転していた。もう藍子はかつての藍子ではないし、理美も以前の理美ではない。

電話でよかったと、理美は思った。自分が今浮かべているこの笑顔を、とても藍子には見せられない。

理美の助言通り、藍子はパートに出るようになった。

結婚前に勤めていた銀行の支店に、午前九時から午後三時までのフロアー案内係の職を得たのだ。「元の上司に相談に行ってみたら」と、勧めたのも理美だった。

「ほんとに理美のおかげよ。変に同情されるのはいやだなって、ちょっと抵抗があったんだけれど、理美の言う通りにしてよかった。独身の頃の経験も活かせるし、時給も結構いいの」

そう言われた時、藍子の人生に関われたような気がして理美は深く満足した。

「パートは三時までだから、ゆっくり買物して、優を保育園に迎えにも行けるし」

最近、藍子は息子の預け先を幼稚園から保育園に変えた。以前は名のある私立の幼稚園に通わせていた。理美の娘の絵梨も、さすがに私立ではないが近所の幼稚園に通っている。それも藍子にならって決めた。止《や》むを得ない事情とはいえ、息子にあの有名な幼稚園をやめさせることはさぞかし残念だっただろう。

「保育園のお母さんたちってみんな働いているでしょう。見ていると、私も頑張らなくちゃって気になる。それに、幼稚園の時みたいにお母さんたちも気取ってないし、気が楽なの」

「そう、よかったわね」

と答えたものの、正直なところ、理美には強がりにしか聞こえなかった。

「ねえ、近々ショッピングに付き合ってくれないかな。私、通勤服っていうのを持ってないのよ。この間、ロッカー室で若い女の子に言われちゃった。典型的な奥様ファッションですねって。まさか働きに出るなんて思ってもなかったから、ふさわしい服がぜんぜんないの。あと、バッグや靴も」

「いいわよ、もちろん付き合う」


その週末、新宿のデパートで待ち合わせた。

ふたりとも子連れで、慌《あわただ》しい買物となったが、藍子はブラウスや、ジャケットや、スカーフを手にしながら、必ず理美を振り返った。

「ねえ、これどう思う？」

「いいんじゃない」と、理美が頷くとそれに決め「こっちの方が似合う」と答えると、あっさり自分の手にしていたものを棚に返した。

今までとすべてが逆だった。自分の選択に自信の持てないその姿は、以前の理美そのものだった。

理美はつくづく思った。

藍子と自分は入れ替わったのだ。

一周忌が過ぎた頃になると、藍子は自分のペースを少しずつ取り戻すようになっていた。

パートも楽しいらしく、よくそのことを話題にした。人と接する仕事をしているせいか、表情には失われていた潤いが戻り、影がさしていた頬にも柔らかい張りが蘇《よみがえ》っていた。

「ねえ、ちょっと相談に乗ってもらいたいことがあるの」

藍子から改まった口調で電話が掛かってきた。

「いいわよ、もちろん」

土曜日の昼、雅之が出張だったこともあり、理美は絵梨を連れて藍子親子とランチをともにした。と言っても、小さい子供が一緒となると、ファミリーレストランぐらいしかない。

店内はどこも子供連ればかりで騒々しいが、だからこそ却《かえ》って落ち着ける。注文したクリームパスタをフォークに巻き取りながら藍子が言った。

「実はね、正社員にならないかって言われたの」

理美はピラフを運ぶスプーンを止め、顔を向けた。

「支店長がね、空きが出たからよかったら人事に推薦するって。正社員になればお給料も上がるし、社会保険なんかもついてくるでしょう。だからやりたい気持ちはあるんだけど、そうすると勤務時間が長くなるし、時には残業もあるじゃない、優のことを考えるとどうしようかと思うのよ」

理美はしばらく黙り、答えを考えた。確かに優のことを考えると、手放しで勧める気にはなれなかった。せめて小学校に入り、学童保育を利用できるようになってからでもよいのではないか。けれども、今時、パートを正社員にするなんて、そうある話とも思えない。この話を見送ったら、もう二度とチャンスはないかもしれない。

理美は顔を上げた。

「私なら……」

言うと、藍子の期待に満ちた表情とぶつかった。賛成の言葉を待っている顔だとすぐにわかった。

俊一が死んでから、理美はいつだって藍子のためを思ってきた。不安と心細さに包まれて、心も身体も小さくなった藍子が気の毒でたまらなかった。そうして一年余り、藍子は以前の藍子を取り戻しつつある。それは喜ばしいことだった。そう、喜ばしいことだとわかっていながら、もし、すべて取り戻してしまったら……それを考えると、理美の耳の奥であの音が鳴り始める。

かんかんかん。

聞いただけで、落ち着かなくなってしまうあの警報音だ。

理美はゆっくり首を横に振った。

「まだ早いんじゃないかしら。今は優くんとの暮らしをいちばんに考える時期だと思うな。このぐらいの年齢の子が情緒不安定になると、トラウマになって一生響くって聞いたことがあるし。そんなことになったら取り返しがつかないじゃない」

藍子は不安な顔をして、お子様ランチを無心に食べている優の横顔に目をやった。

「そうね……」

理美は念を押すように繰り返した。

「もし、私が藍子だったら断る。何よりも絵梨と過ごす時間を優先したいもの。やっぱり仕事より子供の方が大切だから」

藍子は考え込むようにしばらく黙った。理美はピラフを頰張ったが、気が気ではなかった。今、藍子は何を考えているのだろう。もし、否定の言葉が返ってきたらどうしよう。

「そうね、理美の言う通りだわ」

藍子の頷く様子に、理美は安堵《あんど》のため息をついた。それから、そんな自分を気取《けど》られないよう慌ててピラフを口の中に押し込んだ。

結局、藍子は正社員の話を受けた。

「ごめんなさい。理美にあんなに言われたのに、支店長にどうしてもって勧められて」

前と同じファミリーレストランで、藍子は首をすくめながら報告した。

「いやね、いいのよ。私の言うことなんか気にすることないんだから」

理美はいたたまれない気持ちで笑顔を作った。

「私もいろいろ考えたのよ。でも、やっぱりね」

「そうよね、しょうがないものね。考えてみれば、藍子は生活がかかってるんだもの。無責任なこと言って、私の方こそごめんなさい。ちょっと考えが甘かった」

「ううん、生活は大丈夫なの」

さらりと返ってきた。

「え？」

「俊一の生命保険、ちょっと高めのに入ってたのね、だからマンションのローンは完済できたし、会社からは思ってた以上の退職金とお見舞金がもらえたの。それと労災が認められて、そのお金も下りたし」

「そう……」

「それに彼の両親がね、私たちの行く末を案じて、いずれは俊一に相続させるつもりだった貸家を優に贈与してくれたの。その家賃も毎月入ってくるから、正直に言うと、生活は前より安定してるくらい。そりゃあ、これからどれくらいお金がかかるかわからない、でも今のところは安心していられるの」

「だったら、働かなくてもいいじゃない」

言った自分の声が、わずかに震えているような気がして、理美は慌てて唾《つば》を飲み込んだ。

「そうなんだけど、やっぱり社会に繋《つな》がっていたいって思いがあるのよ。優は大切よ、この世の中でいちばんかけがえのない存在、それは確か。でも、優だっていつか大人になって、母親なんかいらなくなる時が来るでしょう。その時、何もない自分でいたくないの。子供のためだけに生きた親なんて、優だって気が重いと思う。今のうちから子離れの練習をしておいてもいいんじゃないかって思ったの」

かんかんかん。

またあの音だ。やけにはっきりと聞こえる。このレストランの近くに踏切があっただろうか。

理美は笑顔を作った。

「そうね、仕事があれば生活にも張りが出るし、やっぱり女がひとりで生きてゆくには、仕事が心強い味方になってくれるものね」

私には夫がいる。藍子が失ってしまったものを持っている。私はひとりじゃない。だから働く必要もない。私は藍子よりずっと幸せだ。

「実はね」

次に藍子がどんな言葉を口にするのか、聞くのが怖かった。

「この間、お付き合いを申し込まれたの。相手はパート先の銀行の人で四歳年下なんだけど、真剣な気持ちだって言われた。まだ俊一が亡くなって一年とちょっとでしょう。優も難しい年頃だし、私としては再婚する気はぜんぜんないんだけど……ふふ」

藍子が目をとろりと潤ませる。

「恋なんて久しぶりでしょう。もうそんなことは一生ないだろうと思っていたのに、わからないものね。だけど、彼が現れてしみじみ感じたわ、女はやっぱり誰かに見つめられていなきゃ生きてゆけない生き物だって。何だかね、今は人生がもう一度始まったような気持ちよ」

理美は半分しか手をつけていないお薦めランチの皿をおしやり、メニューを手にした。

「ねえ、デザート食べるでしょう」

「もちろん」

「何にする？」

「そうねえ、理美は何がいい？」

ふたりはメニューを広げ、写真つきのケーキに目を走らせた。どれもこれもおいしそうだ。チーズケーキもシフォンケーキもブルーベリータルトもある。

「あら、クレームブリュレがあるじゃない、それにしない？」

理美の言葉に、藍子はにこやかに頷いた。

「いいわね、そうしましょう」

理美は手を挙げ、ウェイトレスを呼び寄せた。

「クレームブリュレをふたつください」

するとウェイトレスが申し訳なさそうに頭を下げた。

「申し訳ございません、只今《ただいま》、ちょっと切れておりまして」

「え……」

自分の選んだものが否定されたことで、理美の頭の中が一瞬からっぽになった。だったら何にしよう、モンブランか、チェリーパイか、紅茶シフォンか、それとも、それとも……。

かんかんかん。

耳の奥で警報機が鳴り続ける。もうすぐ電車がやってくる。もうそこまで来ている。その前にケーキを選ばなくては。何がいいのだろう、私は何が食べたいのだろう。藍子に何を勧めればいいのだろう。

「じゃあチョコレートムースは？　それとエスプレッソ」

向かい側の席から、藍子が言った。

ああ、なぜそれに気づかなかったのだろう。そうだ、今ここで食べるとすれば、チョコレートムースにエスプレッソという組み合わせ以外にないではないか。

「そうね」

理美が頷くと、藍子はウェイトレスにそれを注文した。

「あのね、俊一が亡くなった時は、そりゃあ絶望した。私の人生はこれで終わりだと思った。でも、人ってやっぱりそうじゃないのね。今はね、自分を変えることを怖れないでおこうと思うの。仕事をばりばりして、恋も躊躇《ちゅうちょ》しない。だって、私はまだ枯れちゃう年でもないし、独身なんだもの。何をしようと自由なの。ねえ理美、こういう生活もいいものよ」

藍子はそう言って、笑みを押し込めるかのように、唇をきゅっとすぼませた。


夕食の準備をしながら、ふと口から出ていた。

「私も勤めてみようかしら」

いつものように、雅之はソファに横になってテレビを観ている。

「ねえ、どう?」

「え、何だって?」

「だから、働いてみようかなって」

「どうした、急に」

ここからは雅之の背中しか見えない。

「彼女はご主人があんなことになって、仕方なくやってるんだろう。うちとは違うんだ。それに資格も特技もないおまえが、何をやれるっていうんだよ」

「そうかもしれないけど、やろうと思えば私だって」

「無理無理、できっこないって。そんなことより、もう少し家のことをちゃんとやれよ。俺としては、おかずの味付けなんかを勉強してもらった方がよっぽど有り難い」

雅之が理美の薄味の料理に不満を持っていることは知っている。けれど、それは雅之の身体のためを思ってのことではないか。言い返そうとしたが、雅之の目は相変わらずテレビに向いたままで、その姿を見ると言葉が喉《のど》を通っていかなかった。

かんかんかん。

また警報機が鳴り始めた。

見えない電車が近付いてくる。

藍子は夫を失った。それはとてつもない不幸な出来事のように思えた。けれど、本当にそうだろうか。

理美はガスコンロの上で、汁をたっぷり吸い込んだ肉じゃがに目をやった。ほくほくと色よく仕上がっていて、ほんのりと甘辛い匂《にお》いの湯気が立ち籠《こ》めている。

いつだって藍子のすることに間違いはなかった。選択は完璧だった。藍子の真似さえしていれば失敗するようなことはなかった。

もし、雅之がいなくなったら……。

藍子と同じように夫を亡くしたら……。

鍋《なべ》の中から、理美はまず自分と絵梨の分だけ小鉢に盛った。それから雅之の背に一度目をやり、残った肉じゃがにたっぷり醬油《しょうゆ》と砂糖を加え、ガスに火をつけた。

「ごはんよ」

理美は絵梨を呼び寄せた。

「ママと絵梨のはこっちね。パパの分はこれ、間違えないでテーブルに置いてね」

「はあい」

かんかんかん。

警報機の音はまだ続いている。

選択

今までずっと、賢い選択をしてきたつもりだった。

それなのに今の生活ときたらどうだろう。

金銭的な余裕はなく、家事とパートと、姑《しゅうとめ》の介護に明け暮れている。

結婚して五年たつが、子供はない。その理由はどう考えても夫だ。自分は検査でどこも異常がないと言われている。けれども、どれだけ言っても夫は病院に行こうとしない。仕事が忙しいとか、子供がなくてもいい人生が歩めるとか、俺は次男坊なんだから跡継ぎは気にしなくていい、などと身勝手な理屈ばかりを並べ立てて逃げている。

家庭の中は、毎日、小さな諍《いさか》いで成り立っている。夫に何か言うと、夫は必ず言い返してくる。それにまた言い返し、夫はさらに言い返すという、その果てしのない繰り返しは、今やふたりを繋《つな》ぐ唯一のエネルギーのようにも思う。

どうしてこんなことになってしまったのか。幸せになるために、慎重に堅実に、すべてを決めてきたはずなのに、いったいどこで何を間違えてしまったのか。

ここのところ、広子《ひろこ》は憂鬱《ゆううつ》なため息ばかりついている。

先日、かつて同僚だった美恵《みえ》から、女の子を出産したとの連絡が入った。その少し前には、夫が課長に昇進したと聞かされている。そして一週間ほど前、実家に帰った時に母から幼馴染《おさななじ》み、澄江《すみえ》の噂《うわさ》を聞かされた。

「この間、久しぶりに澄江ちゃんのおかあさんと会ったのよ。それで聞いたんだけど、澄江ちゃん、ご主人の仕事が成功して、今じゃものすごいお金持ちになって、豪華なマンションに住んでいるんですって」

あの澄江が？　信じられない。

澄江とは、小学校と中学校が同じだった。母や周りがどう見ていたかは知らないが、広子は幼馴染みと呼べるほどの仲ではないと考えている。こういっては何だが、頭も器量も悪い澄江を、広子は小さい頃から友達などとは思っていなかった。

「わからないものねえ、小さい頃はほんと華がないっていうか、どん臭いっていうか、冴《さ》えない女の子だったのにねえ」

「あの子、どんな人と結婚したんだっけ」

「同じ会社の人よ」

ああ、そうだ。

広子と違って、成績のあまりよくなかった澄江は公立高校を卒業後、専門学校に入学した。その後ホテルに就職したのだが、何度聞いても覚えられないような三流どころで、友人とは「もしかしたらラブホテルじゃないの」と、囁《ささや》きあったものだ。確かそこで知り合った男と結婚したはずだ。

「でね、そのご主人が独立して、結婚式場を始めたんですって。それが大当たりして、今じゃ都内に三軒も式場を持ってるっていうんだから。ほんと、出世したものよねえ」

「子供はいるの？」

「男の子と女の子がひとりずつ」

「ふうん」

これ以上話を聞きたくなくて、広子は母親と向き合っていたダイニングテーブルから離れ、戸棚に向かった。開いて中からハムの箱と海苔《のり》の缶を手にし、振り向く。

「これ、いい？」

「またなの？」

母が呆《あき》れ声を出している。

「いいじゃない、お母さんのところは三人も働いていて優雅なんだから」

この家の二階で同居している弟夫婦は、共稼ぎをしている。家事はみんな母親任せで、いずれ子供ができても育児を任せるつもりでいるようだ。

弟の結婚が決まった時、今時親と同居してくれるお嫁さんが来てくれるなんて、と感激したものだが、今となると、義妹に嵌《は》められたような気がしている。面倒なことはみんな両親に押し付け、好きなことをやって、最終的にはこの家も自分のものにする。計算高いとしか言いようがない。

母は湯呑《ゆの》みの茶を音をたてて啜《すす》った。

「澄江ちゃんのご両親、この間の連休にヨーロッパ旅行に連れていってもらったんですって。ほんと、羨《うらや》ましい」

母親の言葉には明らかに皮肉が混じっている。

それに較《くら》べてあんたときたら。

いい高校を出て、いい大学を卒業して、一流企業と呼ばれる会社に就職して、エリートと呼ばれる男と結婚して、それで今はこれなんだから。

確かに、実家に帰る時は何かを貰《もら》いに来る時だけだ。戸棚から冷蔵庫から、時には母親の簞笥《たんす》の中まで物色し、よさそうなものがあると「これ、いい？」と振り返る。たまには「今月、ちょっと助けてくれないかな」と、現金をねだることもある。その度、母親は息を吐き出しながら、しぶしぶ頷《うなず》く。

広子だって、こんなことはしたくない。実家に帰る時はケーキぐらい土産《みやげ》にしたい。

弟夫婦に対する面子《メンツ》もある。ヨーロッパ旅行は無理にしても「これ、少ないけど」と、たまには小遣いぐらい渡したい。

あの澄江にさえ自分は負けている、というのがどうにも納得できない。どうしてあんな子に差をつけられなければならないのか、理不尽にさえ思う。かつては、澄江の母親に「少しは広子ちゃんを見習いなさい」と言われていたこの私が。

本当に、いったい何がどう間違ってしまったのだろう。私はどうしてこんなことになっているのだろう。

夫の静夫《しずお》は、仕事の主流をはずされてからすっかり冴えない男になった。

かつては、生き生きと会社の将来、日本の未来を述べ、人生への情熱に満ちていた。広子はそんな姿に「この人なら間違いない」と確信したはずだった。だからこそ、結婚に踏み切ったのだ。

あの頃、周りからどんなに羨ましがられただろう。二十七歳だった広子は、華々しく寿退社をし、家庭に納まった。

専業主婦を選ぶことに抵抗はなかった。そう遠くないうちに、海外転勤もあると聞かされていたからだ。静夫はよく言ったものだ。

「君は外国人に受けがいいと思うな。美人で気が利くから、きっと最高のホステスになってくれる」

今まで、何でもうまくやってきた。学級委員も生徒会の役員も務めたし、女としても男の注目を集めて来た。会社では上司の信頼も厚かった。

外国人の中で笑顔を振り撒《ま》きながら、さりげないジョークを口にして周りの笑いを誘う自分を想像し、広子は時々うっとりしたものだ。

ここのところ、笑ったことなんてないような気がする。夫の前では尚更《なおさら》だ。笑ったりしたら、負けを認めてしまうような気がする。唯一の武器が、不機嫌だなんて、自分を消耗するだけとわかっていながら。


あれは二十六歳になって少したった頃だった。

上司からこっそり呼び出され「知り合いの息子さんにいい人がいるんだけど、どうかな？」と、言われた。それが静夫だ。

実はその頃、付き合っていた恋人がいた。このまま順調に交際が進めば結婚することになるだろうと考えていた。

恋人、藤木朋弥《ともや》は大学も勤め先も、それなりに広子の望むラインはクリアしていたし、何より、朋弥は広子に惚《ほ》れていた。

それでも、熱心に勧めてくれる上司の厚意を無下《むげ》に断ることもできず、会うだけ、ということで静夫と会った。

会ったとたん、広子の心は揺れた。それほど静夫は輝いて見えた。

誰でも名前を知っている総合商社に勤務し、仕草や物言いもとても大人だった。ネクタイの趣味もよかった。次男で両親の面倒も看《み》なくていいというのも魅力だった。条件的に文句のつけようのない相手だった。

でも断らなければ。私には朋弥がいるのだから。

そう思いながら、静夫から誘われるとついいそいそと待ち合わせ場所に向かった。朋弥に対する心苦しさがないわけではなかったが、断ってしまうことは、幸福への切符を自ら手放してしまうように思えた。

朋弥にするか、静夫を選ぶか。

本当に迷った。

そして、最後に選択したのは静夫だった。朋弥が不満というより、すべてにおいてほんの少しずつ、静夫は朋弥に勝《まさ》っていた。

別れ話に、朋弥はひどく驚き、傷ついたようだった。愛情も未練もあっただろう。すんなりとはいかなかったが、最後はどうにか去ってくれた。

それから話はとんとん拍子に進み、半年後には結納をし、一年後には結婚した。

今も、バージンロードを歩く自分の姿をはっきりと思い返すことができる。誰もが

「きれい」とうっとりした目を向けた。自分でも鏡に映る姿にため息がでるほどだった。バラの花びらが散った赤い絨毯《じゅうたん》の上を誇らしく歩きながら、この道が幸福に繋がっていると信じていた。

それが、今ではどうだ。

家事とパートと、姑の介護に明け暮れる毎日だ。

結婚して一年ほどした頃、週刊誌にスキャンダルが載った。静夫の直属の上司であり、自分たちの結婚の仲人をやってくれた常務が、公金横領に手を染めていたのが発覚したのだ。事件そのものについては、夫にはまったく関わりのないことだったが、常務派と目されていたのは確かであり、間違いなく立場は悪くなった。じきに人事異動があり、夫は子会社に出向させられた。

それでも、最初の頃は腐る夫を励ましたし、こんなに仕事ができる人を会社が見放すわけがないと信じていた。

けれども、夫は代替できないほどの人材ではなかったらしい。いつまで待っても「本社へ」という声は掛からなかった。当然、海外勤務の話も立ち消えになった。

そして二年前、親会社は子会社を切り離した。出向だった静夫は居場所を失い、退職することになった。今では、中小企業とも呼べないほどの、小さな貿易会社に勤めている。

収入は三分の二以下になった。それを補うつもりもあって、広子はパートに出るようになった。

姑が倒れたのはそんな頃だ。

もともと姑の面倒は長男夫婦が看る約束になっていて、それも結婚を決めた理由のひとつでもあった。それが皮肉にも、銀行員の兄が海外転勤になってしまったのだ。

「転勤は一年だっていうからさ。それくらいならいいだろう」

と、夫は勝手に了承してきた。「約束が違う」と不満を言うと「老い先短い俺の母親を、おまえは見捨てるつもりなのか」と、冷たい目を向けた。

あの時、離婚しておけばよかったのかもしれない。それが賢い選択だったのかもしれない。

それでも、仕事もない自分が離婚して生活してゆく自信はなかったし、実家にはすでに弟夫婦が同居していて、戻る場所もなくなっていた。

朝、夫を送り出してから、広子は軽自動車でパート先に向かう。仕事はおしぼりの配達で、午後四時まで二十軒ほどの居酒屋や飲み屋を回る。店の前に置いてあるカゴに入った使用済みのおしぼりを手にする時、いつもいいようもない不快感に包まれる。それは屈辱にも似ている。こんな姿を誰にも見られたくなくて、ついこそこそ周りを窺《うかが》ってしまう。こんなことをさせる夫をますます恨んでしまう。

仕事が終わると、姑が入院する病院に行く。一年のはずだった義兄家族の転勤は、もう一年延期になった。再び文句を言ったが「帰ってこられないものはしょうがないじゃないか」と押し切られた。

倒れて、身体の自由はきかなくなった姑だが、意識だけははっきりしている。その姑の嫌みや愚痴や、百回は聞いた昔話を聞きながら、夕食を食べさせ、病人特有の匂《にお》いに満ちた洗濯物を持って家に帰る。洗濯機を回しながら、夕食の準備をする。夫はだいたい八時前後に帰ってくる。残業でもしてくればいいのにと思うが、どうせ手当がつくわけではない。どこかで飲んでくるとなれば金もかかる。帰りが遅くても早くても、苛々《いらいら》する。

どう考えても、結婚を間違えたとしか思えない。

それまでは、あれほど順調だったではないか。周りの誰からも羨ましがられるような人生を歩んでいたはずではないか。

どうして静夫の将来性を見抜けなかったのだろう。

つい目先の条件に惑わされてしまった。自分も若かった。男の本質が見抜けなかったのだ。

その結論に達すると、ひとりの男が記憶の底から浮上してきた。

かつての恋人、藤木朋弥だ。

恋という意味では、気持ちは朋弥に向いていた。だからこそ、静夫との結婚が決まっても、いつまでもはっきり別れられずにいた。ようやく別れ話を口にした時、朋弥はまるで子供のように泣きじゃくり「別れないでくれ」と、広子にすがった。

このままストーカーにでもなられたらどうしようかと、戦々恐々とした日々を過ごしたものの、広子の説得にやがて朋弥は「それで君が幸せになるのなら」と、了承した。それでも結婚式のぎりぎりまで、時折「気持ちは変わらないのか」というような連絡が入った。心を残しているのは明らかだった。

性格も見た目も、もっと言えばセックスも、朋弥の方がずっと上だった。ただ、条件で静夫にかなうものがなかった。

朋弥はどうしているだろう。

出世しただろうか。結婚はしたのだろうか。あれから五年だ。朋弥にもさまざまな変化が起きているだろう。

幸せだったらどうしよう。

ふと、恐怖のようなものが胸の隅に生まれた。

そんなことになっていたら困る。やはり結婚しなくてよかった、そう思える朋弥であって欲しい。もっと言えば、不幸であって欲しい。悲惨な暮らしをしていて欲しい。少なくとも、今の自分よりかは。

そうでなければ、今の自分をもっと嘆かなければならないではないか。


朋弥が今、どうしているか。

それを考え始めると、知りたくてたまらなくなった。

何を今更。

と、自分を戒《いまし》めながらも、心はどうにも落ち着かない。

その夜、帰りが遅い夫を待ちながら、広子は少し缶ビールを飲んだ。薄い膜のようなものが意識にかかっている。テレビは点《つ》いたままだが、目も耳も違うところに行っている。そろそろ九時になろうとしていた。広子はもう夕食を済ませている。この時間なら、夫もどこかで食べてくるだろう。

電話ぐらい。

と、さっきから広子はその思い付きと闘っている。

驚いたことに、番号を思い出せなくても、指先はしっかりと動きを覚えている。電話を手にすれば、間違いなく数字を押すことができるだろう。

広子は二本目の缶ビールを冷蔵庫から持ってきて、呟《つぶや》いた。

掛けてみるだけよ。話さなくてもいいの。もし朋弥が出たらすぐに切ればいい。あの頃、朋弥は自分の声で留守電の応答メッセージを入れていた。今もそうなのか、ちょっと聞くのも面白い。だいいち、今も同じ電話を使っているとは思えない。あれから五年もたっているのだ。きっとアパートだって変わっている。結婚だってしているに違いない。ちょっと悪戯心《いたずらごころ》を試してみるだけ。深い意味があるわけじゃない。

散々言い訳を並べ、自分を面白がらせ、屈服させるような形で、ようやく広子は受話器を取り上げた。

指先が、いとも簡単に数字を追ってゆく。さすがに緊張したが、それはすぐに拍子抜けに変わった。

「この電話は現在使われておりません」

機械的な女の声が聞こえてきた。

当然そうなることはわかっていたし、そうであって欲しいという気持ちもあったはずだ。それなのに、広子はまるで朋弥に騙《だま》されたような気がして、腹を立てていた。

連絡先を探し当てようと思えば、それができないことはない。

先日、連絡を寄越《よこ》してきた美恵がいる。

美恵の結婚は、もともと朋弥が紹介したことで始まった。

もてなかった美恵はいつも「誰かいい人紹介して」としつこく広子に言っていた。それで仕方なく付き合っていた朋弥に頼むと、気さくに学生時代の友人を連れてきた。広子からすると、覇気のない退屈な男に見えたが、美恵はすぐにその気になったようだ。何度か四人でデートしたこともある。それからしばらくして広子は朋弥と別れてしまったが、美恵は結婚にまで至り、今では夫が課長に昇進し、女の子まで授かっている。

きっと美恵なら、朋弥がどうしているか、知っているだろう。

数日後、出産祝いを持って、広子は美恵を訪ねた。

顔を合わせるのは三年ぶりだった。

出産してひと月ちょっとの美恵は、胸と腰周りが肥大していたが、表情は柔らかく潤っていた。出産は毒素を抜く作用があると聞く。今の美恵には、ひとつの事業をやり遂げた自信のようなものが満ちていた。

もし、私も子供がいたら。

子供がいないから、毒素が抜けないのかもしれない。だから毎日が苛立ちの連続なのかもしれない。だからと言って、このままでは子供も持てない。

ひと通りの祝いと子供への賛美を口にすると、ようやくほっと息をつき、広子は美恵と向き合った。

「広子、子供は？」

ついこの間まで「子供は？」と聞くすべての子供を持った女たちの無神経さに、怒りで身体を震わせていた美恵が、しゃあしゃあとその女たちの一部になっている。

「残念ながら」

広子は首をすくめた。

「子供なんて、いてもいなくてもどうってことないって。産んでみて、それがよくわかった」

無神経な言葉を口にされるより、同情めいた物言いの方がどれほど人を逆撫《さかな》でするか、美恵がわからないはずはない。さほど優秀でもなく、美しくもなく、朋弥に紹介された男にすがりつくようにして結婚してもらったくせに、その勝ち誇ったような態度が腹立たしい。

もちろん、そんな態度はおくびにも出さない。

「ご主人、仕事替わったのよね」

唐突に、美恵が言った。今日はとことん、優越感を味わおうという魂胆なのかもしれない。

「ええ、まあね」

「大手の総合商社を辞めるなんてもったいないわねえ」

広子はほほ笑みながら首を振った。

「でもね、組織が大きいだけに、自分の好きなことができないっていうジレンマがあったみたい。今の会社の規模は小さいけれど、すごく楽しんでいる。やっぱり、やりがいのある仕事に就くっていうのがいちばんだから」

「ふうん」

これは嘘《うそ》ではない。ほんの少しの誇張があるだけだ。転職したての頃、夫もよくそんなことを言っていた。そこに強がりと負け惜しみが含まれていることは、今は忘れよう。

それからしばらく、当たり障りのない話をした。その間中、どう朋弥のことを切り出せばいいか、広子はそればかりを考えていた。こうして話していても、朋弥が話題に登場する可能性はない。やはり、自分から口にするしかないだろう。

「そうそう、この間、懐かしい人を見たのよ」

もちろん口から出まかせだ。きっかけを作るためならこれくらいの演出は必要だ。

「誰？」

「ほら、朋弥。覚えてる？」

美恵は驚いた顔で広子を見つめ返した。

「当たり前じゃない、どこで？」

「銀座で主人と一緒に買物をしていた時にちらっと。あちらも奥さんと子供が一緒だった。でも、もしかしたら見間違いかもしれないけれど」

もちろん、こういう言い方の方が余裕があると思われると、計算しての言葉だ。

「見間違いね、それは」

美恵はあっさり首を横に振った。

「あら、どうして？」

「だって朋弥さん、去年、離婚したもの」

広子は思わず美恵の顔を見直した。

「そうなの？」

「今年の年賀状に書いてあった。うちのダンナも驚いてた」

もしかしたらこれは運命なのかもしれない。ちょうど朋弥のことを思い出した時に、離婚していたなんて。

「そうだったの、残念ね」

「まあ今時、離婚なんて珍しいことでもないけどね。そうそう、会社も辞めちゃったんですって。自分で事業を起こしたとか」

ますます胸がざわついてゆく。

「事業って、どんな？」

「環境にやさしい自然食品がどうとか……確か、今年の年賀状に会社の名前が書いてあったわ。ちょっと待ってね、今、持ってくるから」

「いいのよ、別に」

ポーズとして、広子はそれを止める。ポーズだから、頑強に止めるわけではない。もしかしたら、美恵はそれに気づいているのかもしれない。

美恵が立って戸棚に向かった。そこから年賀状の束を引っ張り出して、輪ゴムをほどき、一枚ずつめくってゆく。

事業を始めたとなれば、社長ということではないか。どうやら朋弥は成功を手に入れたらしい。それに子供だって持てる男だ。かつて、広子は朋弥の子供を堕胎したことがある。朋弥は今、広子が望んでいるものをすべて持っている。

「あった、あった」

美恵が年賀状を持ってきた。

広子はそれを受け取り、裏を返した。印刷したおざなりな新年の文字が並び、空いたスペースに自筆で短い挨拶《あいさつ》が書き込まれていた。ちまちまとした、懐かしい朋弥の字だ。

『実はまた独身に戻ってしまいました。それと、会社を辞め自分で事業を始めました。不景気な世の中だからこそ、自分の力に賭《か》けてみようと思っています。また、飲もう』

「ね、そこに会社の名前が書いてあるでしょう」

広子は目をやった。

［快適な生活を目指して。オフィス藤木］

と、書かれてある。

「どんな仕事なのかしら」

「ダンナから聞いたんだけど、アトピーとか、花粉症とか、最近、アレルギーが多いじゃない。それに対応したサプリメントや自然食品なんかを扱っているらしい。結構、羽振りがいいんですって」

赤ん坊がぐずり始めた。美恵が慌ててベビーベッドを覗《のぞ》き込む。

「はいはい、どうしたの。ママはここにいるわよ。抱っこしてあげましょうねえ」

美恵が赤ん坊を抱き上げる。ふがふがと、甘えた声が広がってゆく。立ってあやしながら、美恵は広子を見下ろした。

「うちも、もしこの子がアトピー体質だったら、ちょっと相談してみようかななんて思ってるの」

「そう」

「広子、花粉症はあったっけ」

「ううん、おかげさまで。それに子供もいないから、その必要はないみたい」

広子は年賀状をテーブルに置いた。それでも、電話番号は頭の中にしっかり記憶した。

だからと言って、連絡を取るつもりなどなかった。しようと思えばいつでもできる、それで気持ちの大半は満足できていた。

ところが、帰ってきた夫からこんなことを言われた。

義兄家族の転勤がもう一年延期になったというのである。

「そんな……」

「だって、しょうがないじゃないか。兄貴だってサラリーマンなんだ。会社の命令をきかないわけにはいかないだろう」

もしかしたら義姉が姑の面倒を看たくなくて、延長を申し込んでいるのかもしれない。義妹にしろ、義姉にしろ、義のつく女はいつも何かを企んでいる。

「費用だって送ってもらってるんだし、文句は言えないだろう。兄貴だけじゃなく、俺のおふくろでもあるんだからさ」

入院費用については、義兄からは毎月振込みがある。

「それに、おふくろの年金もこっちで使って構わないって言われてるんだし」

それを言われると、返す言葉がなくなる。ふたつ合わせても、介護にかかる費用を引けば大した金額になるわけではないが、それでも家計の足しになっていることは確かだ。

こんなはずではなかったのに。

広子はまた息を吐く。

ずっと賢い選択をしてきたはずなのに。

あの眩《まぶ》しいほどの赤い絨毯に続く未来が、これだというのか。

姑の汚れ物が入った手提げと、スーパーの袋をダイニングテーブルに置き、広子は椅子に腰を下ろした。

あれから毎日、電話を眺めている。

朋弥と自分とを繋ぐ唯一のものがすぐ目の前にある。

掛けたって不審がられることはない。少なくとも、そう思われないだけの言い訳はすでに用意してある。今日迷えば、同じことを明日も迷うだけだ。昨日も同じことを迷ったように。

ようやく決心をつけて、広子は受話器を手にした。番号はきっちりと頭に入っている。それでも指先が強張《こわば》って、一度押し間違えた。

掛け直すと、すぐに相手をコールする音が聞こえ、やがて受話器が上げられた。

「はい、オフィス藤木でございます」

女性の声がした。

「恐れ入りますが、藤木さんいらっしゃいますか」

「社長の藤木でございますか」

社長、という単語がひどく大きく聞こえる。

「はい」

「失礼ですが、どちらさまでいらっしゃいますか」

「木村と言います。木村広子です」

もちろん旧姓を名乗った。

「木村様ですね。少々お待ちくださいませ」

メロディが流れ、じきに電話が繋がった。

「もしもし、藤木です」

懐かしい声に、広子の胸は熱くなった。

「あの、私、広子です。もう忘れてしまったかしら」

朋弥の声が高くなった。

「忘れるわけがないじゃないか。今、女の子に名前を聞いた時、まさかと思ったんだ」

「お久しぶり、元気にしてた？」

「ああ、もちろん。広子も元気か？」

あの頃と同じく呼び捨てにされたことで、別れてからの時間が瞬《またた》く間に縮まった気がした。

「おかげさまで」

「何かあったのか、急に電話なんか」

「迷惑だった？」

「まさか、感激のあまり興奮してるよ。手なんかちょっと震えてる」

広子は小さく笑った。朋弥が心から広子の電話を喜んでいるように感じる。

「実はね」

広子は頭の中で組み立てた筋書きを口にした。

「私の母親がひどい花粉症なの。噂で、あなたがそういう症状に効くサプリメントを扱ってるって聞いたから、ちょっと試させてもらおうかと思って連絡してみたの」

「そうか、いいのがあるよ。評判もいいんだ。よかったらぜひ、使ってみてくれ」

「じゃあ、送ってもらえるかしら」

これも考えてのことだ。自分から会いたいなどと口にするような安っぽい真似《まね》はしたくない。

「それもいいけど、せっかくだからどこかで会わないか。できたら、商品の説明も詳しくしたいしさ」

「説明書はついてないの？」

「もちろん、ついてるよ。でも……意地悪だな。わかってるんだろう、会いたいんだよ、久しぶりに広子に」

この言葉を待っていたのだ。

「そうね、思い出話に花を咲かすのも悪くないかもね」

「よし、決まりだ。いつ、どこにする？」

そして三日後、銀座のティルームで待ち合わせることを約束した。


こんなに気持ちが高揚するのは何年ぶりだろう。

帰宅した夫を笑顔で迎えて怪訝《けげん》な顔をされた。姑の果てしない昔話も、途中で切り上げたりせずに最後まで聞いた。朋弥と会うことで、こんなに気持ちよく過ごせるなら、もっと早く連絡を取ればよかったと思う。

あの時、確かに自分は選択を間違えた。

けれども、それですべてが決まったわけじゃない。間違えたのなら、修正すればいいだけの話だ。きっと神様はそのチャンスをもう一度与えてくれたのだ。


三日後、広子はパートを休み、待ち合わせのティルームに向かった。

かつての恋人との再会。それだけでなく、もしかしたらこれからに続く可能性を秘めた相手かもしれないと思うと、その緊張感が心地よかった。

化粧も髪型も完璧《かんぺき》のはずである。服だけが三年前に買ったもので、少し野暮ったい気がしないでもなかったが、生地のニット素材がまだ崩れてはいない身体のラインを品よく強調してくれているはずだ。

朋弥は先に来ていた。

奥まった席から手を挙げ、合図を送ってきた。そう言えば、付き合っていた頃も朋弥は決して広子を待たせるようなことはしなかった。今更ながらわからなくなる。どうしてあの時、朋弥を選ばなかったのだろう。

「ごめんなさい、待った？」

「いいや、約束の時間までまだ三分ある」

広子は向かいの席に腰を下ろした。

変わっていないといえば嘘になる。朋弥は少し太り、少し額も広くなっていた。けれどもその分、大人の男になったとも言える。

「広子、ぜんぜん変わらないな」

朋弥が眩しそうに目を細めた。

「やだ、そんなわけないじゃない」

広子はウェイトレスにカプチーノを注文した。

「それも変わらない。いつもカプチーノだった」

「そうだったかしら」

「いや、あの頃より綺麗になった。幸せな証拠だな」

「それはどうかな」

広子は意味ありげに、わずかに首を傾《かし》げた。

「幸せじゃないのか？」

「そういうわけじゃない。でも、ほら、幸せって人さまざまだから」

「広子には幸せでいてもらわなければ困るんだ。だって、そのために俺はふられたんだから」

どう返せばいいのか迷っていると、ウェイトレスがカプチーノを広子の前に置いた。

「ふったなんて、そんなふうに言わないで。あの時は、家族とか上司とか、何だか周りの雰囲気にすっかり呑《の》まれてしまって、ああいう結果になってしまったの。決して朋弥を嫌いになったわけじゃないのよ」

「そんなこと言わないでくれよ。俺、何だかドキドキしてくるじゃないか」

「口がうまいのね」

「それは広子だろう」

「まさか」

「あれからも、広子のことがずっと頭の中にあったよ。もう他人の嫁さんなんだからって、何度自分に言い聞かせただろう。今になってみると、俺がそんなだから離婚する羽目にもなったんじゃないかって気がする」

「離婚したの？」

知っているが、もちろん言わない。離婚したから連絡を入れた、などと思われたら立場が弱くなる。

「ああ、実はそうなんだ」

「そうだったの……」

「前のカミさんは、俺の仕事にも理解がなくてね。会社を辞めて、自分で事業を起こすって言ったら、あっさり別れたいって。あれはショックだったなあ」

「ひどいわ、夫婦なのに」

「やっぱり不安だったんだろうな。サラリーマンの方がずっと安定してるって言われたよ」

「でも、事業は成功しているんでしょう」

「ああ、もちろん。販売店もどんどん増えてる。今、自分の下で働いてくれているのは三十人くらいかな。アルバイトやパートを加えればその倍はいる」

「すごいじゃない」

広子は思わず感嘆の声を上げた。

「意地もあったから、頑張ったんだ」

どうやら離婚した奥さんには感謝しなければならないようだ。

「それで今、こうして広子と会えるなんて、何だか運命を感じるよ」

朋弥の目が熱を帯びてくる。すべてが広子の思い通りに進んでいる。頭の隅では、夫との離婚が確かな形になりつつある。

「サプリメントってどんなの？」

広子は落ち着いた声で尋ねた。話の腰を折るというのも、男の気持ちを焦《じ》らすひとつの技だ。

「ああ、ちょっと待って」

朋弥が足元の紙袋から箱をひとつ取り出した。紙袋の割には、小さな箱だ。

「これを一日六錠飲むだけだよ。補助食品だから副作用はない。安心して飲んでくれていいから。おかあさんの花粉症、相当ひどいのか？」

「今年は特にね」

「今年は本当にひどかったからなあ。ひと箱でいい？」

「ええ、まずは試してみるから」

「そうだね」

「おいくらかしら」

広子はバッグに手をのばした。

「いらないよ、そんなもの」

朋弥が苦笑しながら首を振る。

「だって」

「広子からお金なんて受け取れるわけがないだろう」

広子はうっとりと朋弥を見つめ返した。どれくらいの金額かはわからないが、その気持ちが嬉《うれ》しい。

「それから、これだけど」

朋弥が足元の紙袋を広子の方に押しやった。

「駄目よ、こんなにたくさんいただけない」

「いや、これは別なんだ」

「別？」

広子は朋弥に顔を向けた。

「広子なら、きっといろんな奥さんを知っているだろう。それに、ご主人は大手の商社に勤めているんだよね。知り合いも多いと思うから、ぜひ、そういう人たちにこれを勧めてくれないか」

「勧めるって？」

広子は恐る恐る尋ねた。

「ちゃんとバックマージンは払う」

予想外の返答に、言葉が詰まった。

「大丈夫、品物はいいんだから必ず売れる。売れればその分、広子の取り分も多くなるんだ。だから、試しにちょっとやってみてくれないか。その気になればどうってことないよ、五十箱や百箱ぐらいすぐさ。うちには月に五百箱を売り上げる主婦もいるぐらいなんだから」

それから朋弥はテーブルに乗り出すように前屈《まえかが》みになった。

「それより、よかったら、うちの会員にならないか。会員というのはつまり社員みたいなものなんだけど、出社する必要はないんだ。全部、広子が自分でスケジュールを立てて動いてくれればいい。会員になったら、特典はいろいろある。それに、もし自分で新規の会員を確保したら、その会員の売上げの一部も広子のものになるんだ。つまり、何もしなくても自動的に広子のところにお金が入ってくるってわけだ」

朋弥の口調はさらに滑らかになってゆく。

「心配いらないよ。違法なんかじゃない。そこら辺りのマルチなんかと一緒にしてもらっちゃ困るからね。ちゃんとした事業だよ、それは俺が保証する」

このことを美恵は知っていたのだろうか。知っていて、あの年賀状を見せたのだろうか。もしかしたら、美恵は私を嫌っていたのだろうか。

「どうした、そんな顔をして。いやだなぁ、疑ってるのか？　俺が広子に悪い話を勧めるようなことをするわけないだろう。誰にでもこんなことを言うわけじゃない、広子だから特別なんだ。そうだ、ついでだからこれにちょっとサインしてくれないか。大丈夫だって、形式だけだよ、意味はないんだ、アンケートみたいなものさ」

テーブルに差し出された用紙を、広子は黙って見下ろした。

静夫を選んだのは間違いだと思った。あの赤い絨毯の上を歩くべきだったのは、静夫ではないもうひとりの男だった、と。けれど、あの時朋弥を選んでいたとしても、行き着く先にどれほどの違いがあっただろう。

結婚ではないとしたら、自分はどこで間違えたのか。進学なのか、就職なのか、それとももっと別の、自分でも気がつかないうちに愚かな選択をしていたのだろうか。いったいどこから、自分は今のこの生活に向かって歩き始めてしまったのか。

「だから、な、サインを」

広子の耳に、朋弥の声が濁った水のように流れ込んできた。

教訓

結婚なんて、時期が来れば自然にそういう男が現れて、小さな迷いやためらいはあるにしても、世の中の多くの女たちがそうするように、結局はそのポジションに納まってゆくものと思っていた。

自分は特別な女ではない。括《くく》るとすれば、平凡な部類に入るだろう。成績も存在感も中程度で、たとえばお見合いパーティに十人が参加したら、人気はせいぜい四番目か五番目といったところだ。

そのことに不満があるわけではなく、自分にはふさわしいと心得ている。一番人気の女のようなドラマチックな人生もないが、十番目の女のような屈折に頭を抱えることもなく、その他大勢の中に紛れ込んで、人並みの幸せを手に入れられるはずだと思っていた。

当然、自分を知っているだけに、今時の若い女の子のように結婚相手に職種や年収に手厳しい条件をつけるつもりもない。望みと言えば、堅実なサラリーマンであってくればいい、という程度のものだが、それだってそうでなくてはならないというわけではなく、とにかく家庭を持って、子供を産んで、穏やかに慎ましく、人生をまっとうしてゆきたいというそれだけだ。

そのために、自分なりに努力をしてきたつもりでいる。決して勘違いすることなく、驕《おご》らず、謙虚に、思いやりを忘れず、その時なりに一生懸命、相手を愛してきた。

それなのに、気がつくと男たちは背を向けていた。それなりの理由はあったかもしれないが、どれも決定的なものというわけではなく、結婚という頂上に登り詰める前に、ふと隣を見ると、男は一緒に登ってきた坂道をひとりで下ってしまっている。

どうして多くの女たちがたやすく乗り越えてゆくものを、自分は乗り越えられないのだろう。

学生時代の友人、紀子《のりこ》から届いた『婚約しました』のメールを眺めながら、美郷《みさと》は首の後ろを強張《こわば》らせた。

彼女は、かつてよく行動を共にした仲間のひとりだ。五人のグループで、よくお喋《しやべ》りをし、一緒に買物をし、飲みにも出掛け、合コンにも参加した。似たような環境、似たようなファッション。就職も、業種の違いはあってもみな事務系のＯＬになった。誰が誰であってもさほど違いがなかったのではないかと思えるほどだ。

あれから十二年、これで美郷だけが独身となってしまった。紀子以外はすでに子供もいて、自分たちの家庭を築き上げている。

いったい彼女たちと私のどこが違うというのだろう。

三十四歳になる今まで、どうして結婚することもできずにきてしまったのだろう。

美郷はもう一度、ゆっくりメールを読み返した。

『元気ですか。今日は報告です。実は婚約しました。自分でもびっくりの展開なんだけど、まあ、こんなことになりました。相手は会社の同僚で、ごく普通のサラリーマンです。ハンサムでもエリートでもないけど、私には似合いの相手かなと。でも、優しいの。式の日取りが決まったら、また連絡します。結婚式にはみんなで出席してね』

紀子とはひと月ほど前、一緒に食事をした。

その時は、そんな気配などまったく見せず、「私って、男運がないの」と、嘆いていた。

いくら何でも、ひと月の間に知り合って婚約ということはないはずだ。ましてや相手は会社の同僚だ。あの時すでに、紀子は男と付き合っていて、着々と結婚という段取りを整えていたのだろう。紀子を慰めるつもりで言った「いつかいい人が現れるわよ」という私のセリフを、内心笑っていたに違いない。

残るは私だけ……。

その思いが美郷を追い詰める。

紀子も美郷と同じ四番目か五番目の女だ。紀子だけじゃなく、潤子も奈保も道江も、みんなそうだった。何でも肩を並べていた。彼女たちのできることは美郷にもできたし、彼女たちの持っているものは大抵美郷も持っていた。それがどうして、結婚だけは彼女たちと同じになれないのだ。

ただ、よく考えてみると、要領という点では自分がいちばん不器用だったかもしれない。

教授が面倒な用事を口にしそうになった時、ふと見ると、彼女たちの姿はいつの間にか消えていた。学食で注文したランチが美郷の分だけ品切れだったり、合コンの二次会でカラオケ屋に移動する途中、道に迷ってしまうようなこともあった。

彼女たちにあって自分に足りないのは、きっとその要領のよさなのだ。

井口信夫《のぶお》が現れたのはそんな時だ。

「あの、もしよかったら、飯を一緒にどうですか」

会社を出て、もう少しで駅に着くという頃、不意に背後から声を掛けられた。

井口は会社に出入りしている業者のひとりで、総務部にいる美郷と伝票のやりとりなどでたまに顔を合わせていた。

振り向いた美郷の顔がよほど驚いていたのか、井口は困ったように頭を下げた。

「すみません、突然」

「いえ……」

「それで、あの、時間ありませんか」

それがどういうことを意味しているのかすぐには理解できず、美郷は間の抜けた声で問い返した。

「時間って？」

井口はしばらく黙り、気まずい沈黙がふたりの間を漂った。

「だから、飯でも……駄目ですか？」

ようやく誘われていることに気づいて、美郷は急に血液の流れが速くなるのを感じた。

「いえ」

井口の表情に安堵《あんど》が広がってゆく。

「よかった。じゃあ、うまい魚を食わせてくれる店があるんです。魚、大丈夫ですか」

「はい」

「じゃ、行きましょう」

戸惑う余裕もないまま、井口が手を挙げて止めたタクシーに、美郷は乗っていた。

その夜、九時過ぎにアパートに戻ってきた。

美郷は床にぺたりと座り込んで大きく息を吐き出した。

二時間半ほど一緒に食事をし、少し酒も飲んだ。井口は緊張のせいか、あまり口数は多くなかったが、それでも世間話の合間に、美郷への好意を控えめな口調で告げた。

まさか井口がそんな気持ちでいたなんて考えてもいなかった。

井口はだいたい月に二度の割合で、空調の点検に訪れる。事務的な対応をするだけで、ほとんど言葉を交わしたこともないが、真面目《まじめ》な印象があった。何度か作業中の姿を見たこともあるが、いつも黙々とすべき仕事をこなしていた。

郷里は福井で、両親が健在なこと。妹が結婚し、ふたり子供がいること。趣味は釣りと映画で、ビデオやＤＶＤを含めて年間二百本は観ること。今年、三十七歳になること。そんなことを井口はぽつぽつと語った。

美郷は座り込んだまま、それらを確認するように頭の中で反芻《はんすう》した。

今まで井口に対して特別な感情を持ったことはない。けれども改めて考えてみると、自分にぴったりの男ではないか。名のある大学でなくても、一流の会社でなくても、何より真面目で誠実だ。女性社員たちの話題に上るような存在ではないが、その分、いい夫いい父親への想像も重なりやすい。

十人いれば四番目か五番目、井口はそんな男と言えるだろう。だからこそ自分にはふさわしい相手と思えた。

井口と結婚すれば、人生の遅れもすぐに取り戻せる。うまく行けば来年には子供を胸に抱くこともできるかもしれない。

「また誘ってもいいですか」

帰り際、井口は遠慮がちに尋ねた。

美郷は迷うことなく「はい」と答えた自分を思い出して、少し返事が早すぎたかもしれない、などと考えた。もうちょっと迷うふりをした方がよかったかもしれない。けれども、そんな焦《じ》らし方など自分には似合わない。井口も、駆け引きを持ち出すような男ではない。

ふたりで過ごした時間を思い返しながら、風呂に入っても、ベッドに潜り込んでも、動悸《どうき》に似た甘やかな高揚感に包まれ、美郷は何度もため息をついた。

翌日は一日中、上擦《うわず》った気持ちで過ごした。

こうして会社でいつも通りの仕事をしていると、昨日のことは何かの間違いではなかったかという心許《こころもと》ない気持ちになった。

もしかしたら、たまたま見掛けて声を掛けただけかもしれない。「また誘ってもいいですか」の言葉も、おざなりな挨拶《あいさつ》程度だったのかもしれない。会ってからつまらない女だと落胆したということもありうる。そう、こんなことは四番目か五番目の女ならよくあることではないか。ひとりで舞い上がっていたら、後でとんでもない失望に見舞われる。期待してはいけない、浮かれていてはいけない。それを呪文《じゅもん》のように自分に言い聞かせた。

それでも電話が気になってならない。

翌々日は仕事が手に付かず、その次の日はぼんやり過ごした。

電話がなければそれまでのこと。本気なら、翌日に掛けてきてもいいはずだ。ないということは、やはり井口にとって美郷は期待はずれの女だったに違いない。もしかしたら今頃、食事に誘ったことを後悔しているかもしれない。

金曜日の夜、電話が鳴った。

「井口です」

「はい」

美郷は息を整えて答えた。胸の高鳴りが井口に聞こえるのではないかとはらはらした。

「よかったら明日、映画でも観ませんか」

「はい」

もっと気の利いた返事はできないのかと臍《ほぞ》を嚙《か》んだが、それが精一杯だった。

「じゃあ明日、四時に」

井口は待ち合わせの喫茶店の名前と場所を説明した。

「そこ、わかります？」

「ええ、何とか」

「よかった、じゃあ明日」

電話を切って、とにかく安堵した。一回きりというわけではなかった。少なくとも、井口はもう一度会いたがっている。美郷との付き合いを望んでいる証拠ではないか。

それから美郷がしたのは、クローゼットを全開にすることだった。

先日の食事の時は、突然ということもあり、通勤用のつまらないベージュ色のスーツを着ていた。会社には紺色の制服があるが、襟に結ぶ赤いスカーフといい、丈の短いベストといい、若いOLたちにしか似合わないようにできている。それを着ると、ますます年齢や崩れつつある体型が際立ってしまう。そんな自分ではなく、明日は印象を変えたい。どうせなら、井口をハッとさせられるような服で行きたい。恋愛はいつだって、相手の思いがけない面を見ることから始まるはずだ。

片っ端から服を引っ張り出してみたものの、どれもこれも気に入らなかった。ジャケットは堅過ぎるし、ワンピースは改まり過ぎる。パンツよりスカートがいいだろうが、合わせようと思ったニットは袖口《そでぐち》が緩《ゆる》んでいる。ブラウスにしようか。でもシャツカラーのブラウスは制服とイメージが重なってしまう。

それでも何とか、チャコールグレーのストライプ柄スカートとクリーム色のカットソーを選び出した。

平凡な組み合わせかもしれないが、自分にはこういうスタイルがいちばんしっくり納まる。井口を驚かせたいが、いかにもめかしこんで来たというふうにもなりたくない。

鏡に映して「これにしよう」と、ようやく決心しかかった時、ふと、声が聞こえたような気がした。

「君には個性がないんだ」

三年前に付き合った男の言葉である。

知り合いに紹介されたことがきっかけで出会った男だった。もちろん、美郷は結婚を考えていた。すでに三十一歳になっていて、今度こそはという気持ちがあった。田舎《いなか》の母親からも「誰かいい人いないの」と、月に二回は責められるような電話が掛かっていた。

付き合い始めてふた月ほど過ぎた頃、待ち合わせの場所に出掛けてゆくと、男は美郷を見て、失望したように小さく息を吐いた。

「いつも同じ格好だね」

その日は、白のブラウスに薄茶のカーディガンを羽織り、グレーのタイトスカートをはいていた。スカートは何度か着ていたが、ブラウスとカーディガンは男と会うために買ったものだ。

「こういう服がいちばん私に合ってると思うんだけど、もっと違うものを着た方がいいかしら」

「別に、それでもいいけどさ」

男は、自分から服のことを話題にしながら、唐突に話を切り上げた。

それからだと思う、電話が減り、たまに掛かってきても「ちょっと時間がなくて」などと言い出すようになったのは。半月ほどした頃、電話口で男は「俺たち、何か違うと思うんだ」と言った。

「何が違うの？」

別れを切り出そうとしていることぐらいすぐ察しがついた。しかし美郷は気づかないふりで、食い下がった。どうしても男と別れたくなかった。結婚したかった。

「うまく言えないけど、一緒にいてもあまり楽しくない」

「今度から、楽しくなるように努力する」

「努力っていうのとは違うと思う」

美郷は黙った。男の言っていることを、自分の中でどう具体化すればいいのかを考えた。

「服のせい？」

「え？」

「もっと華やかな格好をした方がよかった？　みんなが着ているような、きれいな色のセーターとか、裾《すそ》が揺れるスカートとか。だったら、今度からそういうのを着てゆくから」

男はしばらく黙っていたが、美郷の言葉に答える代わりに、短く告げた。

「悪いけど、これで終わりにしたいんだ」

「そんな」

「ごめん」

それ以来、男は二度と電話を寄越《よこ》さなかった。

あんなことにはなりたくない。

今から思えば、確かにお洒落《しゃれ》に少し心配りが足りなかったと思う。三十歳を過ぎているということで、華やかな格好をするのに抵抗があったし、四番目か五番目の女としては、それに似合いの服を着るべきだという思いもあった。

けれども、男というのはいつだって女に「女らしさ」を求めるものだ。肌の露出の多いキャミソールや、身体のラインが出るぴたりとしたニットを好むと、よく女性誌にも書いてあるではないか。

あの男に去られて三年、ようやく出会った相手だ。今度こそ摑《つか》まえたい。もう失敗はできない。結婚したい。

約束は明日の四時。時間はある。朝一番でデパートに行こう。そこで、井口をハッとさせられるような服を買ってこよう。


「こんにちは」

声を掛けると、井口は顔を上げ、短い間に二度瞬《まばた》きした。

「あ、どうも」

「少し、遅れてしまって」

「いや、いいんだ」

喫茶店でコーヒーを飲み、映画を観た。退屈な内容だったが、そんなことはどうでもよかった。井口が好む映画を一緒に観る。大切なのはそのことだ。

終わってから食事をした。ビールも飲んだ。二度目とあって、井口も少しはリラックスしているようだった。

「意外だったな」

井口がビールを口にしながら呟《つぶや》いた。

「何が？」

「今日の田辺さん、いつもとぜんぜんイメージが違うから」

白のキャミソールにオレンジ色のニットを羽織り、裾がランダムにカットされた薄手の花柄のスカートをはいている。今朝、いちばんで飛び込んだデパートの店員に選んでもらったものだ。

「似合わない？」

井口は慌てて首を振る。

「いいや、すごくよく似合ってるよ」

「いつも会社の制服と通勤のスーツだから、週末ぐらいは違う格好をしてみたくなるの」

「そうか、うん、いいね」

井口が落ち着かない様子で再びビールを飲む。その仕草に照れが覗《のぞ》いている。井口は確かに、いつもと違う美郷に動揺している。

デパートに行ってよかった、と、美郷は心底思った。

それからひと月。

井口とは週末になると会い、食事をするという付き合いが続いた。

美郷のクローゼットの中には新しい服が並ぶようになっていた。出費は嵩《かさ》んだが、それで井口の気持ちを惹《ひ》き付けられるのなら、痛い金額ではなかった。

つい先日も夕方に待ち合わせた。

食事の場所はいつも井口が決めていたが、その日はめずらしく「何が食べたい？」と尋ねてきた。

「そうね……」

何でも。

と、答えそうになって、美郷は慌てて言葉を呑《の》み込んだ。

あれは二十五歳の時に付き合った男だ。彼に言われたことがある。

「何でもいいっていうのは、いちばん腹の立つ答えなんだ」

男は苛立《いらだ》った顔をした。

「おまえはいつも、何でもいい、どこでもいいって、自分の意思はないのかよ」

そうじゃない、と美郷は必死に言い訳した。

あなたと一緒なら何を食べてもおいしいの、どこに行っても楽しいの。

それを言いたかったのだが、機嫌を損ねた男には、もうその言葉さえ腹立たしいものに聞こえるようだった。

その時から、男との関係はぎくしゃくするようになった。

「イタリアンなんてどうかな」

美郷の言葉に、井口は「知ってる店はある？」と聞いた。

「とてもおいしいリゾットが食べられるところがあるの。ワインも豊富だし」

以前、会社の同僚と一度だけ行ったことがある、雑誌に紹介された有名なイタリアンレストランに、井口を案内した。

「驚いたな、田辺さん、お洒落な店を知ってるんだね。僕は、こういうところとは縁がなくて」

井口は珍しそうにオリーブとニンニクの匂《にお》いに満ちた店内を見回している。

「気に入らなかった？」

「いいや、たまにはこういうのも悪くないさ」

美郷は胸を撫《な》で下ろした。

何でもいい、だなんて言わなくてよかったと、心から思った。


潤子から連絡があった。

彼女は学生時代の仲間の中でいちばん最初に結婚し、いちばん最初に子供を産んでいる。

婚約した紀子に、みなで祝いを贈ろうという相談だった。

「でね、披露宴の時は各自でお祝い金を包むでしょう。それとは別に、何か記念になるものを贈るのはどうかなって思うのよ。ひとり一万円くらいの予算で、どう？」

「いいわね」

美郷は慎重に答えた。返事の仕方ひとつ、言葉の微妙なニュアンスから、潤子はたぶん美郷の胸の内を読もうとするだろう。僻《ひが》んでいる、嫉妬《しっと》している、焦っている。今の美郷にとって、そう思われることほどおぞましいものはない。

「何がいいかな」

「そうねえ」

美郷はクローゼットの奥にしまいこんであるさまざまな箱のことを考えた。ペアのマグカップや、黄色いホーロー鍋《なべ》や、ふかふかのタオルや、二枚セットのベッドカバーが詰め込まれた箱たちだ。結婚式の引き出物だったり、通販で買ったり、バーゲンでつい手にしたものだった。いつか結婚したら……それらは開けられないままの玉手箱のように、大切に積み重ねられている。

「やっぱり本人に聞くのがいちばんじゃないかな」

無難な返事をした。

「そうね、紀子もいろいろ準備しているだろうし」

「趣味もあるしね」

「そうする。じゃあ一万円、よろしくね」

「明日にでも振り込んでおく」

「悪いわね、美郷には払わせるばっかりで」

潤子が電話の向こうで小さく笑った。

「ほんとよ。後でしっかり取り返すつもりだから」

冗談めかして答えるのが精一杯だった。


電話を切って考えた。

本当に、今まで祝い金をどれくらい払ってきただろう。結婚祝い、出産祝い。友人だけでなく、会社の付き合いもある。退職祝い、転勤祝い、昇進祝い、新築祝い。姪《めい》や甥《おい》といった親戚《しんせき》の子供らには、誕生祝い、入学祝い、就職祝い。その子らが大きくなれば、また結婚祝い、出産祝いと繰り返される。まるで果てしない借金に追われているようだ。

このまま、他人を祝うだけの人生を送っていくのだろうか。

いいや、そんなことだけにはなりたくない。これからは祝われる人生でありたい。潤子に言ったように、結婚さえすればすべてを取り返すことができるのだ。そのためにも、井口はどうしても離せない。結婚まで、どうあってもこぎつけたい。


それから更にひと月が過ぎた。

付き合いは順調に進んでいた。週に二度ばかりの電話と、週末の食事。会う回数が増えるたび、井口が堅実で真面目な性質であることがますます伝わってきた。

派手さはなく、見た目はむしろ野暮ったいくらいだが、今の美郷にはそれさえ愛《いと》しく見えた。こういう男こそ家庭を大切にし、まっとうな人生を送るのだと思えた。

美郷は幸運を感謝した。今まで、男たちとうまくいかなかったのは、きっと井口と出会うためだったのだ。

美郷の頭の中では、すでに結婚が具体的な形となっていた。しかし、井口はそれらしいことをまだ何も口にしない。遊びで美郷と付き合っているとは思えないが、今の状態からそろそろ一歩踏み込んだ関係になってもよさそうに思えた。

ふたりで街を歩いている時、ふと、宝石屋のショーウィンドウが目についた。白いレースで縁取られた窓ガラスの奥に、エンゲージリングが並べられている。

足を止めようか、と思った。さりげなく、欲しがっている自分をアピールするのも、ひとつの手かもしれない。井口だって、もしかしたら、それを待っているかもしれない。

「これみよがしなんだよな」

耳の奥で蘇《よみがえ》った。

二十七歳の頃、付き合った男の言葉である。

「友達が結婚したとか、子供は三十歳までに産みたいとか、そういうのを言われるのはうんざりなんだよ」

　男が好きだった。結婚したかった。ただ、それだけだった。それが相手を怒らせたのだとしたら、謝るしかなかった。

「ごめんなさい、そんなつもりじゃないの」

「じゃあ、どういうつもりなんだよ。結婚結婚って、そんなに結婚したいなら、見合いでもすればいいだろ」

「そんなこと言わないで」

「おまえのそういうところが重荷なんだよ」

　美郷は黙った。その時は、ただただ早く男の機嫌が直ってくれるのを待った。

　結婚なんてもう言わない。もちろんしたいけれど、口にはしない。だからそれ以上のことは言わないで。今まで通りでいいから。だから、別れるなんて言わないで。

　けれども、男はそれからそう時間がかからないうちに美郷に背を向けていった。

「どうしたの？」

　井口に言われ、美郷は我に返った。

「ううん、何でも」

　もう二度と、あんな失敗は繰り返さない。

　結婚をしたがっている女だなんて、井口に決して思われてはいけない。重荷なんて言葉は使われたくない。ウィンドウを横目に見ながら、足早に通り過ぎた。

「今度、レンタカーでも借りて、どこかドライブでもしようか」

井口の誘いに美郷は飛び上がりたい気持ちになった。食事とは違ったデートをしたいと言い出した裏側には、井口がそれだけ美郷と新たな関係を築きたいと望んでいるからに違いないと思えた。

お弁当を作ろう。

咄嗟《とっさ》に頭に浮かんだ。

小さめのおにぎりと、玉子焼きに鶏の唐揚げ。ソーセージ。胡椒《こしょう》を利かせた粉《こ》ふき芋《いも》に人参《にんじん》のグラッセ。果物も用意した方がいいかもしれない。ポットには熱いほうじ茶を入れて、赤と白のギンガムチェックのナプキンを用意して……。

「女房気取りはやめてくれないか」

男は言った。

風邪で寝込んでいるから会えない、と電話があった時だ。美郷はいそいそと弁当を作り、男のアパートに届けた。ドアの向こうから、熱っぽい顔で現れた男は、美郷の差し出した紙袋の中身を見ると、眉を顰《ひそ》めた。

「一回、寝ただけだろ」

一回だろうが百回だろうが、そんなことは関係ない。男が心配だった。男を愛していた。何も食べず、熱にうなされているのではないかと、そのことだけを考えていた。

あれは二十一歳の時だ。まだ大学生で、男は同好会の先輩だった。

美郷は井口にゆっくりと顔を向けた。

「行き先が決まったら、近くにいいレストランがないか調べておくね」

「恥ずかしいけど、僕はあまり給料もよくないし、出世も望めそうにないから」

井口から言われた時、美郷はすべてを理解した。

井口もまた美郷との結婚を考えている。

そんなことなど大した問題ではなかった。贅沢《ぜいたく》な暮らしがしたいわけじゃない。見栄を張りたいわけでもない。慎ましやかな毎日が送れればそれでいい。五時過ぎのスーパーで見切り品を買うのも、トイレのタンクに水の入ったペットボトルを入れるのも、部屋の電気を消して回るのも、結婚したら喜んで実行する。

あれは二十四歳の時だった。

ほんの二、三度会っただけで、すぐに連絡が取れなくなってしまった男だったが「家庭に入っていいおかあさんになりたいの」と言ったとたん、呆《あき》れたように切り返した。

「男に依存する生き方ってどうかと思うよ。俺はごめんだね、そんな女」

言われた時は、路頭に迷うような気持ちになったが、今はわかる。男に頼ろうとすると、男は逃げる。今の男は、家で夫の帰りを待つのではなく、生活力のある女を求めている。

美郷は背筋を伸ばして答えた。

「私は働くのが好きだから、仕事を辞めようなんて思ってないの。もう、女性が家を守るって時代じゃないもの。だから何も気にすることはないの」

「ねえ、びっくり。紀子ったら妊娠してるんですって」

潤子からの電話だった。

美郷は返答に詰まった。

「今、三ヶ月だそうよ。結婚のお祝い何がいいって聞いたら、出産祝いにしてくれるかしら、なんて言うんだもの、驚いちゃった。とうとう紀子も私や奈保の仲間入りよ」

結婚だけなら、何とか遅れは取り戻せる。けれど子供まで産むとなれば、ますます差がついてしまう。紀子や潤子や奈保や道江と肩を並べるためにも、今までの分を一気に挽回《ばんかい》するためにも、今は井口こそが大切な切り札なのだと、美郷は改めて強く思った。

付き合い始めて三ヶ月が過ぎた。

情熱とはほど遠いが、穏やかで心安らぐ付き合いが続いていた。

ふたりの間に足りないものがあることぐらい、美郷もよくわかっていた。けれども急いではいけないことも、もちろん知っていた。やり方によっては、今まで注意深く積み重ねてきた努力をすべて無駄にしてしまう可能性がある。どうしても井口と結婚したい。だからこそ慎重になった。

いつものように、ふたりで食事を終えて、アパートまで送ってくれた井口に、美郷はためらいがちに言った。

「よかったら、お茶でも飲んでいかない?」

井口はわずかに表情を硬くして「いや、でも」と、言葉を濁した。

「おいしいコーヒーがあるの」

あらかじめ用意しておいた言葉を口にした。コーヒーを飲む以外のことなど考えてもいない、という顔をするのは少し難しかった。

「じゃあ、ご馳走《ちそう》になろうかな」

井口は言って、おずおずと美郷の部屋に足を踏み入れた。

部屋は整理されている。付き合い始めてから、いつ井口が訪れてもいいように洗面台や風呂場をぴかぴかに磨き上げ、上品な色合いのコーヒーカップを揃《そろ》え、部屋には催淫《さいいん》作用があるというイランイランの香りを染み込ませてある。

「きれいにしてるんだね」

井口は興味深そうに部屋の中を見回した。

「狭い部屋だから、掃除も簡単なの」

美郷はキッチンに立ち、コーヒーを用意した。

それをカップに注ぎながら、カップを井口に差し出しながら、井口がそれを口に運ぶのを見つめながら、この後に起こることを想像した。

その想像通り、コーヒーを飲み終えると、井口は美郷に腕を伸ばした。身体を引き寄せられ、唇が重ねられる。

長く、濃厚なキスだった。そしてその後、井口は言った。

「いい？」

美郷は頷《うなず》く。電気を消す。ベッドに移動する。井口の指がブラウスのボタンにかかる。

私はこの人と結婚する。この人の子供を産んで、家庭を築き上げてゆく。そうして、仲間たちからの遅れを一気に挽回する。

もう失敗はしない。かつてのような愚かな女にはならない。私に背を向けて行った男たちから学んだことを、私は几帳面《きちようめん》に実行してきた。私はもう、地味で、自分では何も決められず、「これみよがし」と言われるような、「女房気取り」とうんざりされるような、男に依存しなければ生きてゆけないような、そんな女じゃない。

ふと、井口の指が止まった。

美郷の下着に驚いているのだろう。乳首の色が透けて見えるような薄く豪華なレースで作られた下着は、ひと月ほど前にランジェリーショップで買ったものだ。

あれは二十八歳の時である。

二十以上も年の離れた妻子持ちの男と付き合ったことがある。男はいつも美郷に言った。

「君はもっと大胆になるべきだ。ベッドの中で羞恥心《しゅうちしん》なんか持ち出しちゃいけない。つまらない下着をつけて、清純さなんてアピールされても男はしらけるだけだよ。昼の顔と夜の顔が違えば違うほど、男はそそられる。その顔を知っているのは自分だけだと思うからこそ、手放せなくなる。もっと自分から欲しいと言うんだ。もっと自分から激しく動くんだ」

いつか妻と別れて君と結婚するから。

そう言っていた男は、やがて家庭に戻っていった。

男の要求を上手《うま》く受け入れることができなかった美郷を、結局はつまらない女だと判断したのだろう。

もうあんな失敗はしない。

井口だけは失うわけにはいかない。

待っても待っても、井口からの連絡はなかった。しびれを切らしてこちらから電話すると「仕事が忙しくて」と、電話口でぼそぼそと答えた。毎週のように週末は一緒に食事をしていたが、それも「管理するビルが増えたから」と言って断られた。

しつこく電話してはいけない。それは男を追い詰める。

そうだ、あれは十九歳の時だ。

初めてセックスした相手に、美郷は毎日のように電話を入れた。

「何をしてたの？　どこに行ってたの？　誰と会ったの？　どうして電話をくれないの？」

男は最初「ごめん」と言い、しばらくすると「放っておいてくれ」と言い、最後に「もう、うんざりだ」と言って、二度と美郷と会おうとはしなかった。

美郷は辛抱強く井口からの連絡を待ち続けた。

もう、失敗はしたくない。

井口とどうしても結婚したい。

顔を向けると、窓ガラスに自分の顔が映っている。決して間違ってはいない自分を確認するように、美郷はゆっくりと頷いてみせた。

約束

週に一度か二度、仕事を調整して、幾子《いくこ》はここに来る。井《い》の頭《かしら》公園の近くにある総合病院だ。

七階の706号室。

半月前、葉月《はづき》は四人部屋から個室に移動した。

ドアをノックすると「はあい」と、明るい声があった。幾子は笑顔を作り、中に入った。窓から差し込む逆光のせいで、いつも葉月の顔は白く弾《はじ》けている。幾子は目を細めながら、近付いた。

「こんにちは」

「いらっしゃい」

「シュークリームを買ってきたの。新宿にとってもおいしい店があるって聞いて」

「うれしい、いつもわざわざありがとう」

葉月がはしゃいだ声を上げる。

椅子に腰を下ろして、幾子はようやく葉月とまともに向き合った。また少し、痩《や》せたみたいだ。

「そうそう、今月分、もう仕上がってるから」

葉月がベッド脇の引き出しから、大判の茶封筒を取り出した。

「あら、早いのね」

「だって、他にすることがないんだもの」

「じゃあ、いただきます」

幾子はうやうやしくそれを受け取り、封筒の中の用紙を手にした。柔らかなタッチの秋桜《コスモス》の絵が描かれている。

「どうかしら」

「とってもいい。葉月さんの優しさに溢《あふ》れてて」

「ほんと？　そう言われるとホッとする」

幾子は絵を封筒に戻して、バッグの中に入れた。

「では、今回はこれで行かせてもらいます」

「よろしくね。来月は水仙を描こうと思ってるの。その次は雪柳、それから桜にするつもり」

「いいわね、楽しみ」

それから、ふたりでいつものように世間話をした。

共通の知り合いのちょっとした噂話《うわさばなし》や、話題の映画の話だ。とりとめがなくて、話しているそばからどんどん横道にそれていってしまうが、別に構わない。もともと気まぐれなお喋《しゃべ》りが目的なのだ。

小一時間ほどして、幾子は「じゃあ、そろそろ」と話を切り上げた。

「あら、もうそんな時間？」

「残念だけど、仕事に戻らなくちゃ」

「そうよね」

少し名残り惜しそうに、葉月が顔を向ける。

「お大事にね。また来るから」

「ええ、待ってる」

葉月は少し笑って、頷《うなず》いた。


幾子は今、編集プロダクションで働いている。

企業が発行する社内誌や、フリーペーパーなどを請け負っている会社だ。

ここは二つ目の就職先で、大学を卒業して三年ほどは、大手の建築会社で事務職をしていた。かなりの競争率を突破して決めたので、友人たちには羨《うらや》ましがられたものだ。

そこを辞めた理由は簡単だ。

その頃、付き合っていた同僚が、幾子と同期の女とふたまたをかけ、挙句の果て、そっちの女と結婚することになったのだ。

別れを切り出された時は、耳を疑った。当然のように、近い将来、その男と結婚するものと思っていた。ほぼ社内では公認の仲であり、寿退社して、いつか子供が生まれ、みんなが持つ当たり前の幸せを自分も手に入れられるものと、何の疑いもなく信じていた。

しかし、男はあっさり背を向けた。何が何だかわからなかった。わからないまま、ひとり取り残された。

痛手は大きかったが、それ以上に幾子を追い詰めたのは、社内にまことしやかに流れる噂だった。

「捨てられたんだって」

「結局、遊ばれたってことなのね」

「つまり、やり逃げ？」

面白おかしく、噂はロッカー室や給湯室を駆け巡った。

気がつくと社内の同情と、それと同じだけの好奇の目が一身に向けられるようになっていた。それは身震いするほどいたたまれない立場だった。

ひどい目に遭ったのは自分なのに、どうしてこんな言い方をされなければならないのだろう。

男に去られた傷心と相まって、結局、身の置き場がなくなって、退職することにした。若かったのだろう、と今になればわかる。でも、その時は後先のことなど考える余裕もなかった。

辞めて、しばらくは少ない退職金と失業保険とでぼんやり過ごした。

しかし、すぐに現実を知った。何をしなくても、家賃とガス代電気代水道代が、通帳から引き落とされてゆく。とにかく生活してゆかねばならなかった。求人広告を見て、応募し、採用されたのが今の仕事である。

小さい会社で、社長を入れて五人しかいない。企画、インタビュー、原稿起こし、校正、デザイン、時には撮影まで、何でもこなさなければならなかった。当然、仕事はハードで、深夜に至ることもざらだった。

一般事務の経験しかなかった幾子にとって、最初、それはとても刺激的な仕事に映った。手帳がスケジュールでいっぱいになるのが何やら誇らしげにさえ思えたものだ。

しかし、七年たった今、心底疲れ果てている。

仕事に区切りも終わりもない。ホイールを走り続けるハムスターのように、毎日毎日、目の前に差し出される仕事を必死にこなしてゆくだけだ。いくつもの仕事を同時進行で受け持っているので、時々、自分が今何をしているのかわからなくなることもあった。

辞めたくても、次のアテはない。これといった資格も特技もない。もちろん、資格も特技も身につけようとしなかった自分のせいだとわかっている。だから、こうして生活のために働いている。

この七年、付き合った男たちも、ろくでなしばかりだった。

最初の男はヒモに近く、次の男は賭《か》け事に溺《おぼ》れ、最後の男は酒を飲むと殴った。ろくでなしとしか出会えないのは、自分がろくでもない生活をしているからだが、疲れた毎日に男の温もりは効果的で手放せなかった。とにかく、そばにいてくれる男が欲しかった。

そしていつか、幾子は仕事だけでなく、男にも疲れ果てるようになっていた。

会社に戻って、早速、葉月のイラストを印刷所に回した。

毎月発行されるお堅い企業の社内誌の表紙を飾るイラストである。その時期にふさわしい花の絵を葉月に描くよう頼んでから、そろそろ二年がたとうとしていた。

葉月は幾子と同年齢で、イラストレーターとして業界ではそれなりに名の知れた時期もあった。結婚してからいつの間にか名前を聞かなくなっていたが、幾子がかつてファンだったこともあり、思い切って仕事を依頼するために連絡を取ると、ふたつ返事で引き受けてもらえた。幸運としか思えなかった。

実際に会ってみると、葉月は気さくな人柄で、妙に気が合い、じきに仕事を越えた付き合いをするようになった。

絵を取りに自宅に行き、帰ってきたご主人と、そのまま一緒に夕食をご馳走《ちそう》になることもしばしばだった。

半年ほどたった頃、ふたりで外で食事をした。

葉月の描くイラストが、企業先のお偉いさんに好評で、めずらしく社長が「たまには、接待したらどうだ」と言ってくれたからだ。

場所は青山のイタリアンレストラン。あれやこれやお喋りに興じているうちに、ワインを一本空けてしまった。

もう一本オーダーしてから、酔った目で、葉月が言った。

「私ね、結婚してすぐ、子宮に腫瘍《しゅよう》が見つかったの」

幾子はグラスを止め、唖然《あぜん》としながら葉月を眺めた。

「青天の霹靂《へきれき》って、きっとこんなことを言うのね。子供が欲しくて、何となく検査をしに病院に行ったら、これだもの。すぐに手術して、取り切れなかったところは抗がん剤で治療したんだけど、それがものすごくきついの。吐き気と頭痛は止まらないし、髪の毛なんかみんな抜けちゃったのよ。イラストの世界から引退したような形になったのもそのせいなの」

初めて聞く話に、幾子は驚くばかりだ。

「子供も諦《あきら》めるしかなかったけど、夫は責めるようなことは何も言わなかった。子供より、君の身体の方が大事だって言ってくれて。その言葉だけが支えだった」

「そう」

「それなのに私ったら、一度、死のうとしたの」

「え……」

「点滴を引き抜いて、ひとりで屋上に出たの。その時はもう絶望感しかなくて、死ぬしか道はないように思えてしまったの。すぐに看護師さんに見つかって、ベッドに戻されたんだけど、駆け付けてくれた夫が泣きながら言ったわ、ずっと僕のそばにいてくれって。他には何もいらないからって」

聞いていた幾子は、長い息を吐いた。

「こんな言い方しちゃいけないのかもしれないけど、何だか、すごくいい話」

「その時、夫と約束したの、ずっとそばにいるって。どんなことがあっても、ずっとずっとあなたのそばから離れないって」

葉月がワインを口にする。

「優しいご主人なのね」

「ええ、あんな優しい人はいない。彼と結婚できて本当によかったって思ってる」

葉月はしみじみと、惚気《のろけ》とも告白ともつかぬことを言った。


その葉月から、入院すると聞かされたのは三ヶ月前のことだ。

「再発したの」

と、葉月は言った。

咄嗟《とっさ》に何と答えていいのかわからず、幾子は口籠《くちご》もった。

「手術して四年目だから、もう大丈夫かなと思ってたんだけど、やっぱりね」

葉月は表面的には明るさを装っていたが、不安に満ちているのが手に取るようにわかる。

「でも、イラストはこれからも描きたいの。できる限り頑張るから」

幾子は大きく頷いた。

「もちろんよ、葉月さんのファンも多いし、私もそうしてもらえればすごく嬉《うれ》しい」

そう答えるのが精一杯だった。

「ありがとう。私の絵を待ってくれている人がいると思うと、励みになる」

しかし、再発してからの葉月の病状はあまり思わしくない。葉月の夫から、転移が数ヶ所に見られるとの話も聞いている。

あと何回分の絵を受け取ることができるのか。

病室を出る時、幾子はいつもそれを考えてしまう。


ここのところ、週末は必ず昭雄《あきお》と過ごしている。

その日はどんなことがあっても仕事を入れない。社長に嫌みを言われても、同僚に皮肉られても、取材も出張も受けない。律儀に仕事を引き受けても、どうせろくに手当ももらえやしないのだ。

当日は腕を揮《ふる》って料理を作る。

焼き魚や野菜の煮つけや茶碗蒸《ちゃわんむ》しといった家庭料理、時には寄せ鍋《よせなべ》だったりすき焼きだったりする。それと酒の肴《さかな》になりそうなものを二、三品。

昭雄は幾子の部屋に置いてあるジャージに着替え、テーブルの前に座る。最初はビールで、酔ってくると焼酎に替わる。あまりお喋りではないが、寛《くつろ》いでいるのがよくわかる。

その後、風呂に入り、そして、ベッドで心置きなく抱き合う。

昭雄のセックスは、とてもまっとうだ。無理強《むりじ》いも、過剰な演出もない。キスをして、乳房を愛撫《あいぶ》し、ショーツの中に指を這《は》わせ、しばらくクンニをした後、挿入する。若い頃は、刺激と快感を無理やり一致させようとしたが、そんな面倒なものは要《い》らなくなった。それは、もう面倒な男は要らないと同義語でもあった。

昭雄は三十六歳。ちゃんとした会社のサラリーマンだ。吉祥寺《きちじょうじ》に、ローンはあるが、自宅マンションを持っている。性格は穏やかで、人が好《よ》い。部屋に来る途中「きれいだったから」と鉢植えの花や「たまたま目についたから」と季節の果物を買ってきてくれる。

金をせびることも、賭け事にのめり込むことも、暴力を振るうこともない。もちろんセックスを言い訳にも、ごまかしにも、今あったことをなかったことにするために利用したりもしない。

セックスは、まじめな男とするのがいちばんだと、昭雄と知り合ってからつくづく思う。

土曜はそのまま泊まり、日曜日はお昼頃に出て行くが、また夜には戻ってくる。そうして、もう一度、抱き合う。

昭雄は申し分のない男だ。

彼は今まで付き合った男たちの持っていなかったものを持っている。それは、幾子がかつて望んでいて、もう手に入らないと諦めていたものでもある。

今更、こんなことを口にしたら笑われるのはわかっている。

それでも、幾子は思っている。

穏やかに暮らしたい。安定した生活がしたい。夫と子供たちに囲まれた家庭が欲しい。

昭雄はぴったりの相手だった。たぶん、こんなにふさわしい男とは二度と出会えない。

早く昭雄と結婚したい。昭雄と生涯を共にしたい。

しかし、今はそうなれない理由がある。

昭雄は結婚している。

妻は、葉月だ。


葉月の家で、初めて昭雄と顔を合わせた時、懐かしい人に会ったような気がした。

もし恋が、心の奥深くにある扉を開けることだとしたら、昭雄は間違いなくその鍵《かぎ》を持っていた。

優しくて、人が好くて、みんなが手に入れられても自分は見ているしかなかった穏やかな幸福。それが彼の肩ごしに透けて見えた。

もちろん、葉月の夫という現実があることはわかっている。自分も道徳心ぐらい持っている。ましてや、葉月から夫婦仲のよさはたっぷりと聞かされている。

ただ、葉月が愛と信じてやまないものを、確かめてみたい思いがあった。それを嫉妬《しっと》と呼ぶことに、幾子はその時、まだ正確に気づいてはいなかった。

葉月とレストランで食事をした後、しばらくして、幾子は昭雄の会社に電話をした。

「葉月さんのことで、ちょっと相談したいことがあるんです」

と言うと、昭雄は無防備な様子で待ち合わせの喫茶店にやってきた。

「葉月のことって、何でしょう」

コーヒーを啜《すす》りながら、昭雄が言った。

午後七時の喫茶店は、客のすべてが、どこかで嘘《うそ》をついているように見えた。

「あの……病気のことです」

「ああ、聞いたんだ」

「この間、初めて。私ったら何も知らなくて、無理に仕事を依頼してしまったんじゃないかって、不安になったんです。葉月さんは、大丈夫だと言ってくれるんですけど、実際のところはどうなのか、ご主人に伺おうと思って」

昭雄は柔らかく笑った。

「葉月がそう言ってるなら、大丈夫なんじゃないかな」

「本当にそう受け取っていいんでしょうか」

「むしろ、仕事が再開できて喜んでると思いますよ。もう、自分はイラストの世界では忘れ去られた存在だとか、落ち込んでいた時もあったから。今はずいぶん明るくなったし、楽しんで描いてるみたいです。だから僕としては、あなたにお礼を言いたいくらいなんですよ」

「そう、だったら、よかったです」

昭雄の言葉に頷きながら、幾子はぬるくなったコーヒーを口にした。

「何だか、葉月さんが羨ましい」

「え？」

「昭雄さんみたいな、優しいご主人がいて」

昭雄は苦笑した。

「優しいっていうのかな、僕みたいなのを」

と、言ってから、ぼんやり宙に目を泳がせた。

その目に迷いと、何かしら諦めのような気配が広がっているように見えたのは、幾子のひとり合点だろうか。

「葉月さんは本当に幸せです」

そして、自分を包んでいるこの焦《じ》れったさは何なのだろう。

コーヒーを飲み終えても、幾子はこのまま昭雄と別れたくなかった。そんな自分の気持ちに戸惑いながらも、それはほとんど衝動のように幾子を突き動かした。

「さっき、私に『お礼を』なんて言ってくれましたよね」

幾子の言葉に、昭雄は頷き、何度か瞬《まばた》きした。

「ええ」

「じゃあ、何かご馳走してもらっちゃおうかな」

冗談めかして言ったつもりが、ひどく緊張して声が裏返った。昭雄の頬《ほお》に、ぎこちない笑みが浮かんだ。

「もちろん、いいですよ」

答える昭雄の声も裏返っていた。


その日のうちに、寝てしまった。

昭雄はセックスに飢えていた。特別なセックスではない。健康な女とするごく普通のセックスに飢えていた。

変わった体位をするわけでもなく、怪しげな器具を使うわけでもなく、ラブホテルのベッドの中で、幾子は昭雄と交わった。

喘《あえ》ぎ声が安物のクロスに染み込んでゆく。うっすら曇った鏡にふたりのシルエットが浮かんでいる。

隣の部屋でも、上の部屋でも、同じようなことがなされている。このホテルだけでなく、いったいこの世のラブホテルで、今、どれくらいの男と女がこんなことをしているのだろう。このありふれた行為が、今のふたりにとってはこの上もなく淫《みだ》らだった。

終えると、身体を離し、ふたりは仰向《あおむ》けになった。

昭雄がゆるく息を吐きながら呟《つぶや》いた。

「セックスってこういうものなんだ」

幾子は首をもたげた。昭雄の尖《とが》った顎《あご》が見える。

「いつも、壊れてしまうんじゃないかって、不安になってしまうんだ。だって、あんな病気をしたんだから、やっぱり普通じゃいられないだろう。何かあったら大変だし、怖くてどこまでしていいのかわからない」

「そう」

「健康な身体ってすごいよ。何だか、ものすごく逞《たくま》しい」

その上、健康な身体の中には、大抵、不健康な企てが巡らされている。

「本当に、葉月さんのことを大切に思っているのね」

「気を悪くするかもしれないけど、彼女のことは大切だよ」

「いいの、私のことは気にしなくても」

「夫として、葉月にできることは何でもしてやりたいと思ってる」

「わかるな、その気持ち」

「そうか」

「思い残したことがあるくらい、人を後悔させるものはないから」

昭雄はしばらく黙った。

「うん、そうだね」

「葉月さんを大切にしてあげて。そんなあなたを、私が大切に思うから」

昭雄は驚いたように顔を向け、それからわずかに笑った。

その時、ふたりが共犯者になったことを、昭雄は気づかなかったのかもしれない。


いつか、場所はラブホテルから幾子のアパートに替わった。

葉月が入院してからはそのまま泊まるようにもなった。

普通の男と女がする何でもないことを、自分たちは愛《いと》おしみながら繰り返している。

緩《ゆる》い、ごく緩い坂道を、ゆっくり転げ落ちてゆくように。


「この水仙、どう？」

差し出されたイラストを、幾子は受け取った。葉月の手首はいつの間にか、幾子の親指と人差し指で作った輪の中にすっぽり納まってしまいそうなくらい細くなった。

「きれいね、すごくきれい」

濃いグレーの中に、ひとすじの光が差したような水仙が描かれている。

「次は雪柳ね」

「楽しみよ」

私は葉月を憎んでいるわけじゃない。葉月の死を願うほど、人でなしでもない。

葉月にとって、昭雄が最後まで愛する夫であって欲しいと心から願っている。

ただ、葉月はすでに期限を区切られている。その期限が、変更されないことを望んでいるだけだ。

生きている間、昭雄と存分に愛し合えばいい。

でも、葉月が死んだら、昭雄は私のものだ。

雪柳を描き終えてから、葉月の病状は一気に進行した。

ベッドの中から、生気のない表情を向け、薬臭い息を短い間隔で吐き出した。

「ごめんなさい、約束を果たせなくて」

「約束？」

「桜の絵を描くって約束したのに」

「そんなこと、気にしないで」

「描きたかったのよ」

「わかってる」

「本当に」

「葉月……」

「桜が、描きたかった」

そして、桜の絵を描くことなく、葉月は逝《い》った。


一年後、幾子は昭雄と結婚した。

吉祥寺にあったマンションは売り払い、違う沿線にある同じようなマンションに引っ越した。優しい昭雄は、幾子を気遣い、葉月の名残りとなるものはすべて処分した。新居には仏壇もなければ、写真もなかった。

幾子は仕事を辞め、専業主婦に納まって、毎日、昭雄の帰りを待つ生活が始まった。退屈だなんて、少しも思わなかった。もともと自分にはこういう暮らしが似合っていたのだ。好きでもない仕事を、好きだと言い聞かせながら、自分を消耗するのはもうたくさんだ。

まじめな昭雄は、外で飲んでくることもなく、いつもだいたい七時過ぎには帰ってくる。週末はふたりで大型ショッピングセンターに出掛けたり、公園を散歩して過ごした。近所の奥さんは「亭主が家の中にいるだけで苛々《いらいら》する」と、半ば冗談半ば本気で言っているが、幾子は昭雄と過ごせる時間が何より楽しかった。

きっと、あの奥さんたちは、結婚すると思っていた相手にこっぴどく裏切られたことも、三ヶ月も生理が来ないほど仕事に忙殺されたこともないのだろう。

世の中の人が呼ぶ、平凡な生活は、幾子がやっとの思いで手に入れたものだった。

結婚して半年たった頃、妊娠した。

幾子が戸惑ってしまうくらい、昭雄は喜んだ。

やがて女の子が生まれ、千夏《ちか》と名づけた。

幾子は幸せだった。


千夏は今年で五歳になる。

根っからのパパっ子で、お風呂も寝るのもパパと一緒でないとすぐにぐずり出す。悪戯《いたずら》して、幾子が叱《しか》ってもけろりとしているが、昭雄が叱るとすぐに泣いて「ごめんなさい」を繰り返した。

そんな千夏が、昭雄もたまらなく可愛いらしく、いつもべったりとくっついている。

夕食後、昭雄の胡坐《あぐら》の中に千夏はすっぽり納まって、一緒にテレビを観ている。

後片付けを終えて、幾子はふたりの隣に腰を下ろした。

「千夏、そろそろおねむじゃないの？」

「まだ、いい。パパとテレビを観るの」

「朝寝坊しても知らないわよ」

「いいもん」

すっかり喋りも達者になった。

「眠くなったらここで寝ればいいさ」

昭雄が千夏を抱き締める。千夏が「パパ、大好き」と昭雄の首にしがみつく。

幾子は思わずため息をつく。

「そんなんじゃ、千夏をお嫁に出す時は大変ね」

「千夏は、お嫁になんか行かないよな」

昭雄は念を押すように千夏に向かって言った。

「そうよ、パパのお嫁さんになるの」

「そうか、よしよし、ずっとパパと一緒にいような」

「ずっとずっと、千夏はパパと一緒よ。絶対に離れないから」

その時、ふと、胸にちくりと小さな棘《とげ》が刺さったような感覚に見舞われた。

ずっと、ずっと、ずっと。

記憶の底で、何かがぐらりと揺れる。

「年頃になった時も、そう言ってくれたらいいけどね」

幾子は呆《あき》れたように答えた。

春の日差しが、ベランダから降り注いでいる。近所で咲いた桜が満開を過ぎ、はらはらと花びらが舞っている。

洗濯物を取り込む手を止めて、幾子は目を向けた。

代わり映えのしないマンションが並び、ベランダには洗濯物が干されている。遠くから聞こえる小学校のチャイム。犬の鳴き声。布団を叩《たた》く音。そして、桜の花びらが平等にはらはらと舞っている。

幸せは、何てさりげないのだろう。

振り向くと、リビングのテーブルで、千夏がお絵かきをしているのが目に入った。最近、昭雄が買ってきた画用紙とクレヨンのセットが、千夏のお気に入りだ。

「何を描いているの？」

ベランダから声を掛けると、はきはきした声が返ってきた。

「さくら」

「そう、きれいだものね」

千夏のパジャマと、昭雄のTシャツを、洗濯バサミからはずして手にした。

「だって、約束したでしょう」

「え？」

その言葉に、幾子はゆっくり振り返った。

「今、何て言ったの？」

「だから、約束したでしょう、桜の絵を描くって」

「そんな約束、した？」

「したじゃない、ちゃんと」

不意に指先が冷たくなって、幾子の手から洗濯物が滑り落ちた。

何も持たない指が、小刻みに震えはじめる。

「千夏……」

「約束はちゃんと守らなくちゃね」

無邪気な笑みで千夏が答えるのを、幾子は身体の奥底に感じる痛みと共に、惚《ほう》けたように見つめていた。

ライムがしみる

ちょっと寄ってみようか。

と、思いついたのは、仕事帰りにたまたま新宿のデパートに寄ったからだ。

新宿に来るのは久しぶりだった。半年ほど前までは派遣先の会社があって毎日通っていたが、今は渋谷に替わり、そうすると利用する路線も違ってしまい、買物も飲むのもその近辺になって、新宿に来ることはほとんどなくなった。

美樹《みき》は靖国《やすくに》通りを市谷《いちがや》方向に向かって歩き始めた。

派遣社員と言っても、大学で身につけた英語力を買われて、給料はそう悪くない。中堅の会社で正社員として就職している友人たちと肩を並べていると言っていい。就職試験にすべて落ちた時は失意にまみれ「時間を拘束される会社勤めなんかまっぴらごめん」と強がったりもしたが、今はこれで十分と思っている。

夜の七時を少し過ぎたところで、街はサラリーマンやＯＬたちで溢《あふ》れている。買物に食事にデートにと、誰もが約束を抱えている顔で足早に行き過ぎてゆく。

美樹は五丁目の大きな交差点を渡ってから、左に折れて緩《ゆる》い坂道を下りていった。ここら辺りは、派手さはないが気の利いた居酒屋やビストロが並んでいる。

半年しかたっていないのに、もう何軒かの店は変わっていた。フレンチレストランは和食屋に、中華料理店はコンビニに。

もしかしたら、と思いながら、間口が二間ほどしかない小さなビルの前に立った。看板は以前のものとは違っていたが、店の名前は同じだった。

よかった。

小さく呟《つぶや》いて、地下に続く細い階段を下りてゆく。ドアを開けると懐かしい匂《にお》いがした。

「あらぁ、美樹ちゃんじゃないの。いらっしゃい。久しぶりねえ」

顔を向けたママが、目を見開きながら声を上げた。

「ほんと、ご無沙汰《ぶさた》しちゃって」

美樹は照れたように、カウンターのスツールに腰を下ろした。

カウンターは十人ほどが座れる。ボックス席はひとつだけ。十坪ほどの小さなバーは、いかにも隠れ家という感じの、居心地のいい雰囲気がある。

この店を最初に教えてくれたのは、同じ派遣社員の女性だった。来てみると、美樹はたちまちママと意気投合した。それから頻繁に出入りするようになった。

　年齢を聞いたことはないが、ママは四十前後といったところだろう。二十八歳の美樹からすれば、少し年の離れた姉、という感じだ。強いウェーブのかかった長い髪と赤い爪は、少々時代遅れにも思えるが、それはそれでママによく似合っている。

　まだ時間が早いせいか、客は美樹だけだった。

「どうしてるのかって、ずっと気になってたのよ」

　ママがコースターと灰皿を美樹の前に置いた。

「ご無沙汰しちゃってごめんなさい。仕事場が渋谷に替わったものだから、つい、こっち方面から足が遠のいてしまって」

「ああ、そういうことだったの。もしかしたら田舎《いなか》にでも帰ったのかしら、なんて思ってたの。ほら、あの頃、ずいぶん落ち込んでいたでしょう」

　確かに半年ほど前、美樹は毎夜のようにここに来ては愚痴り、酒を飲み、時には泣いて、カウンターにしがみついたまま眠ってしまうこともたびたびだった。それくらい荒れていた。

「あの時は、ママに本当に迷惑かけちゃって」

　と、美樹は首をすくめた。

「いいのよ、そんなこと。何はともあれ立ち直ってくれたのならよかった」

「おかげさまで」

「何、飲む？」

「じゃあ、ウォッカライム」

「ＯＫ」

ママが棚のグラスに手をのばした。

半年前、美樹は男に捨てられた。

理由なんてまったくわからなかった。急に電話が繋《つな》がらなくなり、仕事場に連絡すると「忙しい」と突っぱねられた。それまではとても順調で、週に二日か三日は美樹の部屋に泊まりにきていた。一緒に旅行にも行ったし、温泉にも出掛けた。

男のことが好きだった。前の恋も、前の前の恋もうまくいかなくて、今度こそはという思いがあった。少し名の知れたグラフィックデザイナーという男の職業も、ひどく魅力的に映った。

しかし、恋人と思っていたのは美樹だけだったらしい。

「はい、どうぞ」

ママがウォッカライムのグラスを置いた。

手にすると、ライムの香りが鼻の奥を刺激する。

ママには言ってないが、男と出会ったのはこの店だ。

何度か顔を合わせ、少し言葉を交わすようになった頃、こっそり携帯のアドレスを渡された。遊び気分でメールを送ると、すぐに返事があった。

「今度、メシでもどう？」

警戒心は持っていたつもりだが、世慣れた男にしたら美樹をモノにするぐらいちょろいものだったろう。案の定、美樹はすぐ夢中になった。

付き合い始めてから、男と店に一緒に来たことはない。美樹は構わないと言ったのだが、男は周りに知られてあれやこれや詮索《せんさく》されるのはたまらない、と眉を顰《ひそ》めた。惚《ほ》れていた美樹は、もちろん男の言葉に従った。時には、偶然に顔を合わせることもあったが、そんな時はそらぞらしいほど他人のふりをした。秘密はどこか官能的で、そんなふうに振る舞うのも楽しかった。だからママも、店の常連客も、ふたりのことは誰も知らなかった。

男が背を向けた理由は簡単だ。他に女ができたのだ。もっとあからさまな言い方をすれば、美樹は飽きられたのだ。

そうとわかっていても、簡単に諦《あきら》めはつかなかった。どうして自分がこんな目に遭わされなければならないのか。美樹は必死だった。会えるかもしれない、というわずかな望みを抱きながらここに来て、酒を飲み、遅くまで居座り、決して来ないとわかって荒れた。

「あの時ね」

ママの声に、美樹は我に返った。

「実は私も、好きだった人にふられたの。だから、美樹ちゃんのことが他人事《ひとごと》に思えなくてね」

美樹は目をしばたたいた。

「そうなの？」

ママは含み笑いをする。目尻《めじり》にくっきりとシワが浮かぶ。もしかしたら、想像していたよりもう少し年を食っているのかもしれない。

「ぜんぜん気づかなかった」

「そりゃ、そうよ。こんな仕事をしてるんだもの、お客さんの手前、顔には出せないでしょう」

「ママも大変だったんだ」

「そういうこと」

美樹はまじまじとママの顔を眺める。その視線をはぐらかすように、ママは話を戻した。

「それにしても、美樹ちゃんみたいないい子をふるなんて、相手はいったいどんな男だったの？」

あれから半年、今なら話しても構わないだろう。

美樹はグラスを手の中で転がした。

「実はね、黒田なの」

「え？」

「付き合ってたのは黒田なの。ほら、店によく来てた」

「驚いた」

ママは声を上げ、口を半分開けたままでいる。

「内緒にしててごめんなさい。黒田から絶対秘密にしようって言われてたの。でも、今はあんな男と切れてよかったって思ってる。本当よ、強がりでも何でもなくて。考えてみれば、あんな女好きの男なんかと付き合っててもしょうがないものね」

「そう、そういうことだったの」

ママは納得したように頷《うなず》いて、それから不意に弾《はじ》けたように笑いだした。

「どうしたの？」

「私も飲もうっと」

棚からシングルモルトのウィスキーを取り出し、グラスに注ぐ。その仕草を美樹はずっと眺めている。

「今だから言うけど、私がさっき言ってた男も黒田なの」

今度は美樹が声を上げる番だった。

「うそ」

「参ったわね、私たち、黒田にふたまたかけられてたんだ」

黒田ならやりかねない、と思うと同時に、納得できない気持ちにもなった。自分は、少なくともママより一回りは若い。まさか同じラインに並ばされるなんて考えてもみなかった。

同じ女と寝た男を『兄弟』と言うが、女の場合もやはり『姉妹』と言うのだろうか。

「本当にどうしようもない男だったのね」

ママの呟きに美樹は頷く。いろいろ思いはあるが、もう過去のことだ。今更、蒸し返してもどうなるものでもない。

「ま、お互いこれでよかったってことよね。美樹ちゃんもすっかり元気になったみたいだし」

それから、ママはくしゃくしゃと鼻にシワを寄せて、美樹の顔を覗《のぞ》き込んだ。

「もしかして、もう新しい彼氏がいるんじゃない？」

「まさかぁ」

「いいじゃない、隠さなくたって」

「ふふ」

美樹の頬《ほお》はつい緩んでしまう。

「やっぱりね。店に入ってきた時、綺麗になったなって思ったもの。ねえ、どんな人？」

美樹はグラスを回して氷を鳴らした。

「うーん、黒田とは正反対かな。真面目《まじめ》で誠実なのが取り柄の人。お金持ちでもイケメンでもないけど、とにかく優しいの」

「それがいちばんじゃない」

「私もようやくそういうことに気づいたっていうか」

「それだけ大人になったってことよ」

そして、今度は美樹が身を乗り出した。

「ねえ、ママもじゃないの？」

「私？」

「ママも新しい恋人ができたんじゃないの。だからそんなに吹っ切れた顔をしてるんでしょう」

「いやね、違うわよ」

「いいじゃない、話してくれたって。私も正直に言ったんだから」

含むように笑ってから、ママは口を割った。

「まあね」

その顔がとろける。

「ほら、やっぱり」

「私もいろいろあったけど、おかげさまで今はいい感じでいるの。お互い、今度は失敗しないようにしなくちゃね」

ママは笑った。


気持ちのいい酔いが回って、やがて美樹はスツールを下りた。

「また、いらっしゃいよ、待ってるわ」

「うん、そうする」

会計を済ませ、ドアに向かおうとして、美樹は振り返った。

「看板、替えたのね」

「ああ、あれ。いつまでもガムテープで補修のままってわけにもいかないから」

胸の奥底から、小さな欲求が湧《わ》き上がる。話してしまいたい、という欲求だ。

「あの時はひどい目に遭っちゃった。憶《おぼ》えてるでしょう、美樹ちゃんも」

ママが苦笑を浮かべている。

「もちろん、大変だったもの」

「ほんとにいろんなことがあるわよねえ」

と、何やら感慨深げな目をした。

「じゃあ、おやすみなさい。新しい彼によろしく」

「美樹ちゃんこそ」

ママが目を細めて、手を振った。


マンションに帰ると、玄関に道夫《みちお》のスニーカーが脱ぎ捨てられていた。

美樹は慌てて部屋に上がった。

「来てたんだ」

１ＤＫマンションの、フローリングの床に寝転がって、道夫はテレビを観ていた。傍らにソックスが脱ぎ捨ててある。

「ごはんは？」

「駅前でラーメン食ってきた」

「電話くれたら早く帰ったのに。今日、当直じゃなかったんだ」

「急にローテーションが変わったんだ」

道夫はセキュリティ会社で働いている。二十四時間体制で早番遅番当直を繰り返している生活だ。

道夫が首だけこちらに向けた。

「飲んでるんだ」

「ちょっとね。実は久しぶりにママのところに寄って来たの」

「ふうん」

「ビールでも飲む？」

「飲む、飲む」

美樹はキッチンに行き、冷蔵庫から缶ビールをふたつ取り出した。プルリングを引いて、一本を道夫の顔の前に持ってゆく。

「サンキュ」

道夫は子供みたいにニッと笑う。感心するのは、合鍵《あいかぎ》を渡すような間柄になっても、美樹がいない間に勝手に冷蔵庫からビールを出して飲んだりしないところだ。

「看板、直ってた」

「へえ」

「ママにね、思わず言っちゃおうかなんて」

「俺のこと？」

「うん」

「言ったの？」

「言えないわよ」

「だろうな」

「でもいつか、道夫と一緒に看板代を持って謝りにいかなくちゃね」

「そうだな」

「ママ、きっとびっくりするだろうな。私たちのこと知ったら」

道夫は返事の代わりに、ずずずと大きな音を立ててビールを啜《すす》った。


半年前の真夜中、道夫は店の看板と一緒に、階段の上から転げ落ちてきた。

その夜、美樹は最後の客で、店にはママとふたりきりだった。黒田のことを聞いた今ならわかるが、ママはあの頃、本当に美樹の愚痴によく付き合ってくれていた。

大きな音がして、ママと一緒にドアを開けると、情けない格好で道夫が転がっていた。看板は階段の途中で止まっていたが、プラスチックの部分が割れ、中の蛍光灯も折れて飛び散っていた。

「す、すみません」

道夫は慌てて立ち上がり、深々と頭を下げた。美樹よりひとつふたつ年下というふうに見えた。

「どうしてくれるのよ！」

ママは叫びに近い声を上げた。

「あ、あの……」

「あなた、酔ってるのね」

「いや、そんなに……何かふらふらってして、看板に手をついたら、そのまま落ちちゃったみたいで」

と、自分でも何が起きたかまだよくわかっていないように、何度も目をしばたたいた。

「あーあ、これじゃ使い物になんない」

ママは無残な状態の看板に目をやり、ますます声を荒らげた。

「これ、結構、高いのよ」

美樹もまた、酔いと荒れた気持ちもあって、ママに加勢した。

「これはりっぱな器物損壊よ、ママ、警察呼んだら」

「すみません、弁償しますから」

道夫が頭を下げる。

「当たり前でしょ」

道夫の左の眉尻は、落ちた拍子に切れたらしく、血が滲《にじ》んでいた。

「とにかく」と、ママはため息と共に壊れた看板に目をやった。

「怪我はないみたいだから、これを上に戻して。それから階段に散らばった破片を掃除して」

「はい」

道夫は素直にママの言葉に従い、看板を抱えるように持って上がった。それからママに渡された箒《ほうき》と塵取《ちりと》りで、階段を掃除し始めた。

その真面目な態度に安心し、店の中に戻ったのがいけなかった。妙に静かになったと思って出てみると、姿は消えていた。

美樹はママと顔を見合わせた。

「逃げたんだ」

「あいつ――」

壊れた看板の横に、箒と破片が入った塵取りがきちんと置かれていた。


「だって、逃げちゃうんだもん」

美樹がからかうように言うと、道夫は子供のように困った顔をした。その表情が好きで、美樹はこうして時々からかってしまう。

「いや、だからさ、何度も言ったろう。そんな気はなかったんだって。でも、やっぱり警察を呼ばれるのは困るしさ。下手《へた》したら、仕事先をクビになるかもしれないだろう。

後で弁償しに行くつもりだったんだ。金がなかったから、少し時間はかかったかもしれないけど」

看板のことがあってから三日ほどして、美樹は道夫を見つけた。

ランチタイムにスタバに入り、通りに面したカウンターでコーヒーを飲んでいる時、目の前を通り過ぎたのだ。

あの時は相当酔っていたので、顔ははっきり覚えていなかったが、左の眉尻に残る傷跡が何よりの証拠だった。

美樹は店を飛び出し、声を掛けた。

「ちょっと」

振り向いた道夫は、美樹を見て目を見開き「あ……」と言ったきり黙り込んだ。

「店の看板、どうしてくれるのよ」

「すみません」

道夫はまるで教師に叱《しか》られた生徒のように、身を縮こませて頭を下げた。

「逃げるなんて卑怯《ひきょう》じゃないの。ちゃんと弁償しなさいよ」

その時、道夫はさっきの言い訳を口にしたのだ。

「ほんとかどうだか」

もちろん美樹は信用しない。

「必ず払います。約束します」

　このままママのところに引っ張っていきたかったが、この時間に店が開いているはずもない。ランチタイムもそろそろ終わりだった。

「名前は？」

「羽田《はねだ》道夫」

「どこに勤めてるの？」

　素直に会社名を口にする。

「とにかく今は時間がないの。話の続きをしたいから、後でもう一度ここに来て」

「ここに？」

「そう、五時半にここで待ってて」

　道夫は困惑の表情をした。

「来ないと、会社に連絡するわよ」

「それは……」

「来るのよ、いいわね」

「わかりました」

「約束よ。破ったら承知しないから」

「必ず来ます」

とは言ったものの、内心では来るはずがないと思っていた。名前も会社も嘘《うそ》だという可能性は十分にあった。いや、そうに決まっている。のこのこ出向いてくるなんて、そんな間抜けなことをするはずがない。

しかし、道夫はそこにいた。

五時半を少し過ぎた、靖国通りに面した人通りの多い歩道の隅っこに、ぽつんとひとり立っていた。

バカじゃないの……。

呟いたと同時に、美樹はいつの間にか自分の唇に笑みが浮かんでいるのを感じていた。

「ねえ、一緒に暮らさない？」

美樹は道夫の身体に手も足も巻きつけている。ベッドの中で、こうして道夫の体温を感じている時がいちばん幸せだった。

「そうだなぁ」

道夫は曖昧《あいまい》に答える。

「いや？」

「そんなわけないだろ。でも俺、美樹ちゃんに較《くら》べたら稼ぎもあんまりよくないし」

「これから頑張ればいいじゃない」

「そうだけどさ」

「今、ふたりで払っている家賃を足したら、もう一部屋あるマンションが借りられると思うの。もったいないでしょう、どうせ道夫はあんまり自分のところには帰らないんだし」

道夫の勤めるセキュリティ会社では週に二回の当直があり、遅番明けも会社の仮眠室に泊まってくるというのがほとんどだ。風呂もついているから、そちらの方が便利らしい。残りの日は、大概こうして美樹の部屋にいる。

「でもさ、敷金とか権利金とかもあるだろ。俺、貯金もないし」

「そんなの何とかなるって。ね、そうしようよ。私、不動産屋を回ってみる」

うん、と頷いてから、道夫はぽつりと言った。

「俺さ、本当はずっと猫が飼いたかったんだ」

「猫？」

美樹は顔を上げた。道夫の形のいい顎が見える。

「猫、好きだったの？」

「だって可愛いだろ」

「そりゃあ」

「こんな不規則な仕事だから、飼うのは無理って思ってたけど、美樹ちゃんと一緒なら飼えるよな」

美樹は想像する。休日の午後、ベランダから差し込む柔らかな日差しの中で、幸せにじゃれあう美樹と道夫と猫の姿。

「飼おう、猫。うん、絶対に飼おう」

美樹はうっとりと答えた。

偶然の遭遇以来、道夫と頻繁に会うようになっていた。

最初は、看板を弁償するまで監視する、というつもりだったが、すぐにそんなことはどうでもよくなった。

黒田に去られて、胸の中が乾いたスポンジのようにスカスカだったのが、道夫と一緒にいると温かいお湯に浸されたように柔らかくほぐれた。

道夫は純朴で、少し要領が悪いところがあり、それがあまりに黒田とは正反対で、美樹にはたまらなく愛《いと》しく見えた。

今まで自分は男に対して「何とかして」という思いばかりが先に立っていたように思う。しかし道夫といると「何とかしてあげたい」と思えてくる。美樹自身、自分の変わりように驚いていた。自分の中にこんな自分がいるなんて、今までぜんぜん知らなかった。

ママには悪いが、店には顔を出さなくなった。犯人を隠しているような後ろめたさと、行けばどうしても黒田のことが思い出されてしまう。ちょうど派遣先の契約が切れ、生活を一新する思いもあって別の会社に行くことにした。

その頃にはもう、看板の弁償の件など、美樹にはどうでもいいことになっていた。

道夫と一緒に暮らして、時期が来たら結婚しよう。二歳年下で、少し頼りないところもあるけれど、だからこそ私が付いていなければと思う。何よりも、私をこんな優しい女にしてしまうのだ。そんな男は道夫しかいない。まだ出会って半年ほどだが、時間なんか関係ない。

今まで自分には傲慢《ごうまん》なところがあった。就職にすべて落ちたことで、見返したい気持ちが膨《ふく》らみ、一発逆転ばかりを狙《ねら》うような女だった。見栄があった。強がりがあった。そんなだから今までどの男ともうまくいかなかったのだ。黒田のような男にも引っ掛かってしまったのだ。

私はずっと大切なものを忘れていたに違いない。

今はそのことがよくわかる。道夫がそれを教えてくれた。

道夫とずっと一緒にいたい。道夫と一生、生きてゆこう。

新居探しが始まった。

美樹は土日しか休めないし、道夫は不規則な勤務なので、そう一緒に不動産屋に出向くことはできない。それでも、ひとりであれこれ物件を見て回るのは楽しい作業だった。広さは1LDKか2DK。日当たりがいいこと、静かなこと、何よりも猫が飼えること。それなら少しぐらい築年数がたっていても、駅から遠くても構わない。

しばらくして、ほぼ条件を満たした物件に当たった。道夫も賛成してくれたが、もう少し他の部屋も見てみたい気持ちもあって、すぐに決心はつかなかった。

そんな時、不動産屋から連絡が入った。

その物件に興味を示している客がいる、押さえるならすぐにでも契約して欲しい、というものだった。

「どうする？」

美樹の言葉に、道夫は答えた。

「あの部屋でいいんじゃないか。贅沢《ぜいたく》を言ったらキリがないよ。俺は美樹ちゃんと一緒に暮らせるならどこでもいいんだからさ」

嬉《うれ》しいことを、道夫はさらりと言う。それで決まりだった。

「そうね、じゃあそうしよう」

「あとは猫だね」

道夫は嬉しそうに目を細めた。

契約には、ウィークデイに仕事を休めない美樹の代わりに、その日は遅番だという道夫に行ってもらった。

敷金礼金、手数料、家賃一ヶ月分の前払い。七十万近くの金が必要になったが、もちろん、惜しいなどとは思わなかった。

夕方に一度、道夫の携帯電話に連絡を入れたが繋がらなかった。仕事中は電源を切らなければならないことは知っている。たぶん休憩の合間にでも掛けてくるだろう。

しかし、美樹が退社する時間になっても、道夫からは何の連絡もなかった。こちらから掛けても機械的なメッセージが返ってくるばかりだ。マンションに戻っても同じだった。八時になっても、十時になっても、携帯電話は鳴らなかった。

何かあったのかもしれない、と不安になった。仕事柄、事故に遭う可能性もないわけではない。

とにかく、翌朝早くマンションを出て、道夫のアパートまで行ってみた。ドアには鍵が掛かっていた。そしてどういうわけか、ノブにはビニール袋に入った電気ガスの取り扱い説明書がぶら下がっていた。

契約したはずの不動産屋に電話をすると「いらしてませんよ」と淡々とした口調で答えた。ついでに「あの物件、もう他のお客様に決まりましたから」と続けた。

いったい何が起こったのかさっぱりわからなかった。こうなったら、会社に直接電話するしかない。

「昨日、遅番だった羽田さんはもうお帰りになったでしょうか」

尋ねる声が上擦《うわず》っているのが自分でもわかる。

「え、誰ですか」

相手の呑気《のんき》な対応に苛《いら》つきながら、美樹は繰り返した。

「だから羽田です、羽田道夫」

「少々、お待ちください」

しばらく待たされ、電話の向こうからようやく返事があった。

「羽田はずいぶん前に辞めております」


「何だかね……もう生きているのが嫌になっちゃった……」

カウンターにしがみついて、美樹はママに愚痴り続ける。

「大変だったわね」

ママが掠《かす》れた声で言う。

「何でこんなことになっちゃったんだろ。今度は絶対だって信じてたのに」

道夫はあの金を持って逃げたのだと、自分を納得させるにはやはり時間が必要だった。

あれからあらゆる手がかりを辿《たど》って道夫の行方を捜し続けたが、結局、見つけることはできなかった。正直言えば、今も信じられない。あの道夫が。勝手に冷蔵庫からビールも飲まなかった道夫が——。

「私、よっぽど男運が悪いんだ」

美樹は四杯目のウォッカライムを口にする。

ライムがひどく目にしみる。

「ようやく、本物を見つけたって思ったのに」

美樹は目尻に浮かんだものを素早く拭《ぬぐ》って、気を取り直したように明るく言った。

「それに較べてママはいいなぁ、彼とうまくいってるんだもの。私のことは気にしないで、惚気《のろけ》てくれていいのよ」

ママは美樹から目を逸《そ》らし、しばらく黙っていたが、やがて濁った息を吐き出した。

「それがね」

美樹はママを見上げた。

「私も逃げられちゃって」

「え……」

「もう二週間になるかしら」

「本当に？」

「何なのかしらね、このタイミング」

ため息をつきながら、ママは肩にかかった髪を指先で払った。

「優しい人だったのよ。律儀で正直で、一緒にいるとすごく心が休まるの。うんと年下だったけど、男らしいところもちゃんとあったし。知り合って半年程度で、部屋の鍵を渡したりした私も軽率だったんだろうけど、まさか、指輪やらバッグやら、みんな持ち出してしまうなんて考えもしなかった。正直言って、今も信じられない」

その時、カウンターの下から小さな鳴き声がもれてきた。ママはしゃがみ、バスケットのような籠《かご》を抱えて立ち上がった。

「ママ、それ……」

「猫なの」

言いながら、美樹の前に籠を置いた。

「猫が飼いたいって言ってたの。だからせっかくペットショップで買ったのに……」

帰郷

帰郷するのは十三年ぶりだ。

十八歳の時、大学進学で故郷を出てから、初めての帰郷である。

新幹線で一時間四十分。ローカル線に乗り換えて二十五分。バスで二十分。待ち時間を考慮すると、移動は半日がかりとなる。今日は、兄がローカル線の駅まで迎えに来てくれるというので、バスの待ち時間がないだけマシだった。

帰省しなかったのは、もちろん故郷が遠いからではない。何もそこまで時間がかかるわけでもない。

故郷にはいやなことばかりが詰まっていた。そこで暮らした日々を思い出すと、千沙《ちさ》の喉元《のどもと》には苦くて固いものがこみ上げてくる。

新幹線の車窓に映る風景が、少しずつビルを手放し、逆に空の占める量が増えてゆく。今の自分の思いをどう言えばいいだろう。気が滅入《めい》るような、うんざりするような、それでいてどこか誇らしげな思いもある。

気持ちが妙に上擦《うわず》っていて、車内販売のワゴンが近づいて来るのを見ると、千沙は飲みたくもないのにコーヒーを注文した。


「家から通える地元の短大でたくさんだ」

あの時、頑として言う父に、千沙は食い下がった。

「お願いだから、東京の大学に行かせて。一生のお願いだから」

ここまで父に逆らったことはない。けれど、これだけは譲れない。どうしてもこの町から出ていきたかった。

父は地元で少々名の知れた材木屋を経営していた。従業員は十一人。町議会議員を務めたこともあり、いわば、ちょっとした名士的な存在だった。

千沙の六歳上には兄の忠志《ただし》がいて、東京の私大に進学し、父の望み通り、卒業後は跡継ぎとして家業を手伝っていた。

「女なんか東京に行かせても、ろくなことにならない」

「お兄ちゃんは行ったじゃない」

「忠志は跡取りだ、立場が違う。おまえはどうせ嫁に行くんだから学歴なんて必要ない。それくらいなら料理や裁縫の勉強でもしろ」

「だったら、進学はしない」

千沙が開き直ったように言うと、父は口を噤《つぐ》み、渋い顔をした。

父は見栄っ張りで、千沙を東京の大学に出す気はなくても、地元の短大ぐらいは出しておきたい、という気持ちを持っているのを知っていた。

千沙は父の隣に座る母に目をやった。母はほんの少し首を右に傾け、膝《ひざ》に視線を落としている。思った通り、母は何も言わなかった。母が、父の言うことに逆らったところなど見たこともない。

了承の言葉は、それからもしばらくはもらえなかった。しかし、千沙も屈するようなことはしなかった。この進学が自分の一生を左右することはわかっていた。

結局、一ヶ月ほどして、千沙の粘りに父が根負けしたように「女子大だぞ」と、しぶしぶ折れた。

あの時、どんなに嬉《うれ》しかったか。

これでようやくこの町から抜け出せる。目の前が明るく拓《ひら》けてゆくような気持ちだった。

東京に行くことが決まっても、母は別段、何も言わなかった。

「じゃあ、荷物を用意しないとね」

と、ダサい模様の座布団や、商店街で貰《もら》ったタオルを段ボール箱の中に詰め込んだ。

「そんなもの、いらない」

千沙が拒むと「そう」と、これまた別段気を悪くするふうでもなく、また段ボール箱から取り出した。

母が嫌いだった。

いや、嫌いとは少し違う。母を見ていると腹が立った。何も言わず、歯向かわず、自分のしたいことも、自分の望むことも、全部なかったことにして、横暴な父にひたすら従い、自分勝手な息子や娘にも無抵抗を決め込んでいる。そんな母を見ていると苛々《いらいら》した。

母のようになりたくなかった。この町に留まり、この家で暮らしていたら、きっと母と同じ人生を歩んでしまう。

そう思ってしまうほど、自分の容姿も性格も母に似ているのを、千沙は知っていた。

東京に行くことは、千沙にとって、今までの自分を捨てることだった。


新幹線からローカル線に乗り換えた。

二両編成のささやかな電車だ。あの頃と較《くら》べて、車両はずいぶんきれいになっていた。平日の昼過ぎということで、車内は空いていて、数人の老人と、ひと組の母娘連れが乗っているだけだった。

田園風景の中を、電車は規則正しい振動で進んでゆく。緑が目に馴染《なじ》むに従って、時間の進み方が遅くなってゆくような気がする。

ふと、母娘連れに目をやった。その時になって気がついた。よく見れば、あれは小学校五年生の時に同級生だった律子《りつこ》ではないか。

律子は不機嫌そうに宙を眺めている。隣で幼稚園ぐらいの女の子が一生懸命絵本を読んでいる。

「これからあんたのこと、デブスって呼ぼうっと」

と、律子に言われたのは、席が隣同士になった時だ。

面と向かって言われて、千沙はうろたえた。自分がデブであることもブスであることも知っていたが、そこまでストレートに口にされたことはなかった。何と答えていいかわからないまま、気がつくと「えへへ……」と卑屈に笑っていた。

律子は軽蔑《けいべつ》したような目を向けて、それから千沙を「標的」というポジションに座らせた。

いじめのきっかけなんて、そんなものだ。気がついたら、クラスの誰もが千沙に攻撃を向けるようになっていた。おはようと言っても無視されたり、教科書に落書きされたり、登校すると上履きが隠されたりしていた。

その首謀者こそが、そこのシートで娘と一緒に座っている律子である。

仕返しする知恵も度胸もなかった千沙は、ただただ嵐が通り過ぎてゆくのを待った。無抵抗であること。自分の存在を消すこと。そうすれば、律子はいつか退屈になって、別の誰かにターゲットを替えるはずだ。それまでの辛抱だと、ドッジボールでどれだけボールをぶつけられても、授業が始まるのにトイレに閉じ込められても、我慢した。

あの頃、こぼれそうな大きな目と、天然パーマの髪を持った律子はクラスの女王的な立場だった。

しかしどうだ。今、そこに座っている女は、冴《さ》えないおばさんでしかない。大きな目の下には薄黒くクマが広がり、天然パーマの髪は中途半端な伸び方をしていた。

千沙は席を立って、律子に近付いた。

「ひさしぶり」

声を掛けると、目をしばたたかせながら律子が顔を向けた。

千沙が誰だか、まったく気づかないようだった。

「田所千沙よ、小学五年生の時、一緒のクラスだった」

それでも律子はやはり思い出せないらしく「そう……」と、曖昧《あいまい》に頷《うなず》いた。

「あなたにデブスと呼ばれてた、田所千沙。覚えてない？」

不意に、律子の目が大きく見開かれた。

嘘《うそ》、信じられない。あなた、あのデブスの田所千沙なの！

律子が胸の中で叫んでいる声が聞こえてきそうだった。

「あ……ひさしぶり。あんまり変わったんで、ぜんぜんわからなかった」

律子は千沙のすべてを値踏みしながら、ぎこちない笑顔を作った。

「あなたも変わったわね。私もすぐにはわからなかったもの」

ゆっくりと、律子の全身を眺め返しながら言うと、律子の頰《ほお》が強張《こわば》った。さすがに皮肉は通じたらしい。

「今、何をしてるの？」

千沙は尋ねる。

「私は専業主婦、田所さんは？」

「東京でお勤めしてるの」

「へえ、そうなの。結婚は？」

「仕事が忙しくって、とてもそんな余裕はないわ」

「大変ね、キャリアウーマンも」

律子は少し誇らしげな顔をした。こんな時も、優越感に浸れるものを律子は素早く摑《つか》み取ろうとする。千沙は無視して、律子の隣に座る娘に話しかけた。

「お嬢ちゃん、お名前は？」

娘の大きな目と天然パーマは、律子の血がそのまま受け継がれている。

「真美《まみ》」

「いくつ?」

「五歳」

娘は手のひらを広げて突き出した。

「そう、真美ちゃん、おかあさんそっくりね。とってもかわいい」

真美が嬉しそうに笑った。律子も満足そうだ。

「真美ちゃんも、小学校に行くようになったらきっとおかあさんみたいになるんでしょうね。ねえ、あの頃のおかあさんがどんなだったか、教えてあげようか」

「うん」

「やめてよ」

娘は目を見開いて大きく頷いた。

律子が低い声で言う。

「あら、どうして」

「関係ないじゃない」

「いいじゃない、昔話を懐かしむぐらい。真美ちゃんにだって、役立つかもしれないでしょ」

「余計なお世話よ。真美、行くわよ」

律子は脇に置いていたバッグを手にすると、娘の手を引いて隣の車両に移っていった。

女子大に通い始めて、千沙はまず、自分の容姿を変えることに目標を定めた。

何よりも、痩《や》せること。ダイエットは、強い意志さえあればさほど難しいことではなかった。食べない。それを生理が止まってしまうほど徹底的にやって、夏休みまでに十三キロ落とした。

それから、上京する時に持ってきた二十万――中学の時からこつこつ貯めたお小遣いやお年玉――と、上京してから始めた本屋やコンビニのアルバイトで稼いだ十五万、計三十五万を握り締めて、美容整形病院の門をくぐった。

もともと二重だったが、左右のバランスが悪かったのを整えて、くっきりした二重にした。それから鼻にプロテーゼを入れた。

手術後、一週間ほどは腫《は》れが引かずに不安になったが、十日も過ぎると落ち着き、夏休みが終わる頃には、自分でも惚《ほ》れ惚《ぼ》れするほど美しい千沙が鏡に映っていた。

さびれたローカル線の駅に降り、改札口を出ると、兄の忠志が立っていた。

最後に見た時より十キロは太り、髪の生え際も薄くなっていた。ズボンの上に出したストライプのポロシャツは、いかにも田舎《いなか》の男が好みそうな代物《しろもの》だった。

いったん千沙に目を向けたものの、兄はすぐにまた改札口の奥へと視線を向けた。

「兄さん」

千沙は近づき声を掛けた。

「え、千沙か……」

兄はさっきの律子同様、呆気《あっけ》に取られたように口を半分開けて、千沙を上から下まで眺めた。

「おまえ、変わったなぁ……」

千沙は無視して、淡々と尋ねた。

「それで、おかあさんの具合はどう？」

「車の中で話すよ」

ふたりは駐車場に行き、停《と》めてあったワゴンに乗り込んだ。

「何とか快方に向かってるよ。脳梗塞《のうこうそく》って聞いた時は、もう駄目かと思ったんだけど」

ワゴンは国道を走り始める。

「そう、ならよかった」

十三年ぶりの帰省は、兄から母が倒れたという報《しら》せを受けたからだ。電話口の兄はすっかり動転していて「いつどうなるかわからない」と、切羽詰まった声を出した。

もう二度と、故郷には帰らないつもりでいた。両親にも兄にも、それまでの千沙を知っているすべての人間に、一生会わないつもりだった。

それでも、母の病状を聞いて気持ちが揺れた。二度と会いたくない、と、もう二度と会えない、は質の違う感覚をもたらした。「すぐ帰る」。気がついたら、答えていた。

「それにしても、別人だな。さっきは誰だかぜんぜんわからなかった」

「そう？」

「やっぱり東京に長く住むと違うな。きっと親父ものすごく驚くだろうよ。そうだ、俺のカミさんと子供らにもまだ一度も会ってないよな」

「ええ」

「息子は健一で今年七歳、娘は優菜《ゆうな》といって五歳になるんだ」

「そう」

答えたものの興味はない。

兄の結婚式に、千沙は欠席した。海外出張が入ってしまったから、という理由をつけたが、そんなものは言い訳だ。千沙にとって故郷の家族はすでに赤の他人と同じだった。

「それで、いつまでこっちにいられるんだ」

「おかあさんの様子を見たら、すぐ東京に戻るつもり」

「そんなこと言わずに、久しぶりなんだからゆっくりしてゆけよ。かあさんの病状も安定したことだし、嫁さんも千沙に会いたがってるんだ」

兄は呑気《のんき》に言った。

子供の頃から、兄は特別扱いされていた。跡取り息子ということで、いつもおかずが一品、特別についた。たとえば夕食がカレーライスとサラダなら、兄の前には刺身の皿が置かれた。

兄が、デブスとあだ名がつくような不細工な妹を恥じていたのは知っていた。いつだったか、雑貨屋の前で友人たちとたむろしている兄を見つけ「おにいちゃん」と呼んだが、決して振り向こうとはしなかった。家に帰ってから「外で俺を『おにいちゃん』と呼ぶな」と、怖い顔つきで髪の毛を引っ張られた。

進学の時も、自分は東京の大学に行かせてもらったのに、千沙が父に頼むのを見ていても、知らんぷりを通していた。

それもこれも、兄はとっくに忘れているだろう。兄も律子と一緒だ。自分がしたことは、みんな忘れている。でも、された方は一生、忘れない。忘れたくても、忘れられない。

「千沙、転職したんだよな」

「もう、ずいぶん前にね」

「今の会社、何て言ったっけな」

千沙は名前を口にした。

「それって、どんな仕事をしてるんだ」

「人前でうまく話せなかったり、生きることに不安を感じていたり、そんな人たちのために講師を呼んでセミナーを開くとか、会員を募って合宿したりするの」

「大丈夫なのか、それ」

「どういう意味？」

「いや、そういうのっていかがわしいのも多いからさ」

「うちの講師はみんな資格を持っているし、ちゃんと財団法人の認可も下りてるから」

「ふうん、それならいいけど――それにしても、えらく儲《もう》かってそうだな」

流行にもブランドにも疎《うと》い兄だが、さすがに千沙が身に着けているものが、安物でないことぐらいはわかるのだろう。

一見、どうということのない濃紺のパンツスーツは国内ブランドだが、二十万近くした。安物とは生地も仕立てもまるで違っている。後部座席に置いてあるトートバッグとボストンバッグは海外ブランドで、両方とも三十万は下らない。腕時計にピアスに指輪、兄に話したってわかるはずがないが、どれもスーツやバッグと変わらない値段がする。

ワゴンは懐かしい風景の中を走り続けた。捨てたはずのかつての自分が近づいてくるようで、千沙は少し息が苦しくなった。

女子大を卒業してから、千沙は中堅の商事会社に就職した。

卒業生の半分は、派遣会社か嘱託職員、もしくはアルバイトとして働くしかない、というような状況だった。コネもない千沙がそれなりの会社から内定を貰えたのは、容姿のおかげだと思っている。何のかんのと言ったって、面接官はやはり美しい者に合格のハンコを捺《お》したくなるものだ。

入社後、意気揚々と働き出した千沙だったが、半年もすると、先輩の女性社員との間にトラブルが起こるようになった。

大切な伝言を伝え忘れた、データの提出が遅い、電話応対が悪い、などと小言を言われ、化粧やマニキュアにまで文句をつけられた。時には、誰がどう考えてもひとりでは処理しきれない量の仕事を持ってきて「明日の朝までにまとめて」などと無茶なことを押し付けた。

どうやら、その先輩社員が可愛がっていた年下の男性社員が、千沙に興味を抱いているとわかったかららしい。

理不尽な八つ当たりは、上司や同僚も認識していたが、この先輩女性社員と関わりたくないがために、誰もが見て見ぬふりを決め込んだ。

反発する思いはあるのだが、千沙はそれをなかなか具体的な言葉にすることができなかった。先輩女性社員に何か言おうとすればするほど緊張し、気ばかりが焦って口籠《くちご》もってしまう。

それは、子供の頃、デブスとからかわれても何一つ言い返すことができなかった自分と同じだった。ただ黙って、浴びせられる言葉を受け止めるしかなかった。

結局、容姿がどれだけ変わっても、中身はまだ昔の自分のままであることを思い知らされるだけだった。

そんな時、雑誌で今の会社が催すセミナーの存在を知った。「新しい自分と出会ってみませんか」というコピーに惹《ひ》かれて、思い切って体験入学をした。

最初の講義で、五十半ばぐらいの会長と呼ばれる主宰者の話を聞いた。話の内容はよく覚えていないが、最後に会長はひとりひとりと直接言葉を交わし、その時、千沙を真《ま》っ直《す》ぐに見つめて、低くよく通る声で言った。

「君の中に、誰も知らない、君すらも気づいていない君がいる。僕にはそれがよく見える。ここで、本当の君を探し出そう」

「はい」

まるで射られたように、千沙は頷き、そのセミナーにのめり込んでいった。

週に二回、退社後、トレーナーと呼ばれる講師の講義を受けた。週末には、一泊の合宿にも参加した。そこでは講義の他、さまざまなディスカッションが行われ、時にはふたり一組となって、お互いを存分にけなし合ったり、逆に心を尽くして褒め合ったりする、という訓練を受けた。

その他にも、余計な羞恥心《しゅうちしん》や虚栄心を捨てるため、街頭で募金活動をしたり、時にはセンターが販売している「お守りグッズ」を売ったりした。

その時は、事務局で働くようになるなんて考えてもいなかった。自分を変えたいために、新しい自分と出会うために、熱心に通っていただけだった。

半年ほどして、スタッフから「職員にならないか」と、声を掛けられた。

「もちろんそれ相応の報酬の用意もあります。実は、会長が、あなたは他の誰よりも見込みがあるとおっしゃってるんです」

ちょうどその頃、千沙と先輩女性社員との間に、決定的なトラブルが起こった。先輩女性社員が受け持っていた取引先から、担当を千沙に替えて欲しいという申し出があったのだ。先輩女性社員はよほど頭に来たらしい。会社中に中傷とも言えるいかがわしい噂《うわさ》を流した。

「あの子は取引先に色目を遣ったのよ。身体を使って仕事を取るなんて、働く場所を間違えているんじゃないかしら」

もちろん、千沙には身に覚えのないことだ。それを耳にして、千沙は心を決めた。

こんなところにいても、毎日、ストレスまみれで暮らすだけだ。どうせなら、自分の才能を正しく評価してくれるところで働きたい。今の自分にはそれがあるではないか。

退職する日、千沙は先輩女性社員の前に立ち、オフィス中に聞こえるように大声を張り上げた。

「こんな女をのさばらせておくなんて、この会社も先が見えてるんじゃないですか」

一瞬、しんと静まり返った。

先輩女性社員は顔を真っ赤にし、肩と唇を震わせた。

私はもう昔の自分じゃないと、その時、千沙は確信した。


兄とふたり、ナースステーションに寄って挨拶《あいさつ》をしてから、病室に向かった。

ベッドで、母は静かに眠っていた。

枕元には点滴がぶら下がり、呼吸や心拍を測る機器が規則正しい音を立てていた。

「えっ、千沙か……」

ベッド脇で椅子に座っていた父が、慌てて椅子から立ち上がった。千沙は黙って頭を下げた。目の前の娘を、父はうまく認識できないようだった。

「だよな、俺もさっき会ってびっくりしたよ」

兄が、困惑気味の父に同意する。

「知らない誰かみたいだな……」

そう、知らない誰かになったのよ、私は。

千沙は胸の中で答えながら「ひさしぶりです」と返した。

母は眠っている。さすがに年は取ったが、そこにいるのはやはり、千沙が知っているままの母だった。

「じゃあ、俺、いったん家に帰るから。仕事を片付けてからまた来るよ」

「おお、頼んだぞ」

兄が出ていくと、千沙は父を振り返った。

「さっき、兄さんから快方に向かってるって聞いたけど」

「ああ、梗塞を起こした場所がよかったみたいだ。右半身に少し麻痺《まひ》が残るかもしれないけど、リハビリで概《おおむ》ね元に戻るだろうって。ただ、なかなか目を覚まさなくてね。一日中眠ってる」

「そう」

話すことはあまりない。

父もまた、それなりに年を取っていたが、千沙にはかつての、横暴で、頭ごなしに怒鳴ってばかりいる姿しか思い浮かばなかった。

『誰に飯を食わせてもらってるんだ』

『おまえは黙って言うことを聞いていればいいんだ』

『うるさい、口を出すな』

『あっちに行ってろ』

長男の兄だけを大事にし、千沙を見下し、母を使用人のように使っていた姿だ。

「十三年ぶりか」

「うん」

母のベッド脇の椅子に、ふたりで腰を下ろした。

「何度電話しても、結局、一度も帰ってこなかったな」

千沙は黙る。

「大学を卒業する時、『娘はいなかったと思ってくれ』と言われた時は驚いた。おまえがそんなに田舎を嫌っているとは思ってもいなかった」

嫌っていたのは田舎じゃない。そこに住む人間たちだ。

「幾つになった」

「三十一」

「そうか、もう三十を越えたんだ。時間がたつのは早いもんだな。じゃあ、後は花嫁姿か。かあさんもそれを楽しみにしてるだろう」

「私」千沙は父を見ないまま言った。「結婚はしないから」

父が驚いたように顔を向けるのを、頬で感じた。

「今の時代、結婚なんかしなくても暮らしてゆけるし、別にしたいとも思わないし」

「そうかもしれんが、やっぱり家庭を持って、子供を育ててゆくっていうのが、女としていちばんの幸せだろう」

千沙は父にゆっくりと目を向けた。

「幸せ？」

「どれだけ時代が変わったって、そういうもんだ」

「じゃあ聞くけど、おかあさんは、おとうさんと結婚して幸せだったと思う？」

父は何度か瞬《まばた》きした。

「私には、とてもそうは思えない。おとうさんは、おかあさんのことなんか、家の使用人ぐらいにしか思ってなかったじゃない。ううん、使用人の方が勤務時間は決まってるし、お給料も貰えるんだから、まだマシよ。おばあちゃんが生きてた頃も、散々いびられていたのに、おとうさんは知らん顔を通していた。それでいて、寝たきりになったおばあちゃんの面倒をみんなおかあさんに押し付けて、自分は他に女を作ってた」

父の目が見開かれる。

「千沙、おまえ……」

「知ってるのよ。隣町のスナックのホステスでしょう。おかあさんには何も買ってあげなかったくせに、その人にはお店を持たせてあげたんですってね。私が知らないとでも思ってた？　そういうことを教えてくれるお節介な人はいっぱいいるのよ」

父は言い訳しようとでもするように、口をもごもごと動かしたが、結局、言葉を見つけられずに唾《つば》を飲み込んだ。

「それでも文句も言わずに、おかあさんはスーパーで買った千九百八十円のブラウスを喜んで着てた。美容院は半年に一回で、化粧品は安物で、趣味も楽しみも何にもなくて、自分のやりたいことも、自分ができることも、みんな忘れたみたいに、ただただ家の中のことばかりに追われてた。そんなおかあさんを見ていて、結婚に夢なんか持てるはずないじゃない」

父はもう何も言わない。膝に置いた拳《こぶし》に視線を落としている。

「私は絶対おかあさんみたいになりたくなかった。だから、必死でダイエットして、顔を変えて、いい条件の会社に移ったの。私は容姿も性格もおかあさんにそっくりだから、ぼんやりしてたら、おかあさんと同じ生き方をしてしまう。そんなことだけにはなりたくなかったの」

「そうか、おまえは、そんなことを考えていたのか」

父の頬は強張っている。怒り出すかと思ったが、やがて泣き出しそうな目を向けた。

「だから、ずっとうちにも帰ってこなかったのか」

「そうよ、みんなおとうさんとおかあさんのせいよ。今頃気づいたの」

叫ぶように言って、千沙は病室を飛び出した。

今、千沙は会長の愛人をしている。

会長が借りてくれたマンションに住み、破格の給料をもらい、服もバッグも装飾品も、欲しいと言えば大抵のものは買い与えられている。

千沙がどういう立場にいるか、職場の人たちはもちろん知っていて、みんな腫れ物に触るように接している。

週に一度か二度、会長はマンションを訪ねてくる。もちろん家庭は別にあり、千沙の他にも、千沙と同じような立場の女が何人かいることも知っている。

会長にはたくさんのお金と力があり、名刺にはずらりと肩書きが並んでいた。会長の背中の向こう側は闇《やみ》に隠れていて、どういう世界と繋《つな》がっているのかはわからない。でもそのことはあまり考えないようにしていた。少なくとも千沙に対しては優しく、大人のセックスと贅沢《ぜいたく》な暮らしを与えてくれている。不満などあるはずもなかった。

会長が来ない夜や週末は、ショッピングでも、エステでも、ミュージカルでも、好きに過ごしていい。自分のためだけに使える時間と、それに必要なお金もある。

私は母とは違う。もっと自由に、もっと華やかに、誰かの添え物ではなく、踏み台でもなく、自分の思うままに生きている。

屋上のベンチで、ぼんやり空を眺めていると、中年の看護師が声を掛けてきた。

「田所さんのお嬢さんね」

千沙は顔を向けて頷いた。さっきナースステーションで挨拶した時、顔を合わせた担当の看護師だった。

「私もちょっと休憩。お隣、いい？」

「あ、はい」

千沙は隅に移動した。

「よかったわね、病状が軽くて」

「おかげさまで。でも、なかなか目を覚まさないみたいなんです」

「薬が効いてるからよ。大丈夫、もうすぐお元気になるわ」

「そうですか」

「田所さんの奥さん、ほんと、お幸せねえ」

「幸せ……？」

看護師の言葉に、千沙は思わず聞き返した。

「あら、ごめんなさい。病気で入院しているのに、幸せなんて言っちゃいけないわね。でもね、私から見ればやっぱりお幸せだわ。入院された時から、いつも必ず誰かがそばに付いていらっしゃるでしょう。ご主人か、息子さんか、息子さんのお嫁さんか。もちろん、お孫さんも一緒に。それで、こうして東京からわざわざお嬢さんも来てくれてるんだもの」

「私なんか……」

「こんな仕事をしていると、いろんな家族を見るのよ。病院に預けたまま一度も顔を見せないとか、たまに来ても、文句ばっかり言ってるとか。やっぱりイザという時、そばにたくさんの人がいてくれるっていうのは、幸せだって思うのよ」

「そうでしょうか」

病気の母に付き添いをしたからと言って、たかがそれだけで何十年分もの不幸をチャラにできるものか。踏み付けられてきた時間を幸福に置き換えられるものか。たった一石でぱたぱたと石を引っ繰り返せるオセロゲームとは違うのだ。

まるで、そんな千沙の内心を見透かしたように、看護師がわずかに笑った。

「目が覚められた時、おかあさんに聞いてごらんなさい。きっとそうおっしゃると思うわよ」

西に傾いた太陽が、少しずつ色づいている。日差しがとろりと柔らかみを帯びてくる。

千沙は母の顔を覗《のぞ》き込んでいる。

母のようになりたくなくて、この田舎町と家族を捨てた。そうして顔を変え、性格を変え、仕事を替えて頑張ってきた。

幸せになりたかったから。幸せになれると信じていたから。

そして今、望み通りの生活を手に入れている。

それなのに、時々、どんどん幸せから遠ざかっているような気がしてしまうのは何故《なぜ》だろう。

おかあさん、教えて。

母の眠りはまだ深い。

本当はどうだったの、幸せだったの？　不幸だったの？

祈るような、すがるような思いで、千沙はひたすら母の顔を見つめ続けた。

解説

橋本紀子

あ、「わたし」のことが書いてある……。

そう思わせてくれる小説の引力・魔力に、人はなぜかしら抗うことができないものだ。性別、年齢、職業、未婚・既婚、恋愛中・片思い中・失恋中などなど、その人が置かれている状況がたまたま「ピッタリ！」ということもあるだろうし、そのときボンヤリ考えていたことが、どういうわけか主人公の独白や登場人物のセリフとして本のなかに印刷されている、なんてことも、こちらは結構な頻度であったりする。

なぜ、この人は「わたし」のことを知っている？　もしや、日記か何かを誰かに見られたのだろうか。いや、違う。どんな手を使ったかは知らないが、この作家は「わたしの物語」を盗んだのだ。そうだ、きっと、そうに違いない……。

と、妄想たくましく作家のもとに押しかけたサイコな「愛読者」も確かいたような気がするが（スティーブン・キング『ミザリー』）、作家と読者、もしくは小説世界と読者のあいだに、不可思議な同化が起きることは、ままある。そして、そうした「優れた小説」というのは多くの場合、外的状況の一致・不一致を、実はほとんどといって問わないのである。

「わたし」は不倫なんかしてないし、女友達にこんなイジワルをしたことは絶対にない。略奪も、謀略も、男を籠絡《ろうらく》する手練手管も色じかけも、絶対、絶対、無縁だ……！

そう言いきる人でも、なんとな〜く気持ちはわからなくもない、ここだけの話、自分にだってこういう性悪で邪悪なことを考えたことくらいはあるし、それをたまたま実行に移さなかった自分とこの主人公の、いったい何が違うというのだろう……。

そんな気がしてくる小説を、唯川恵さんは書く人である。

本書『愛に似たもの』は、２００７年９月に刊行され、第21回柴田錬三郎賞を受賞した短篇集である（初出『小説すばる』04年３月号〜07年７月号）。

８人の女たちを主人公とする計８篇の物語は、どれも「わたしのことを書いてくれて、ありがとう」とは言いがたいほど、後味は苦い。むしろ、女が嫌いな女、友達にはなりたくない女、「こういう女がいるから、世の中おかしくなる！」と憤慨したくなる女……つまりは「こういう女にだけはなりたくない」女たちが、堂々と主役を張っていたりもする。

ところが唯川作品では困ったことに、その嫌いなはずの彼女たちも「わたし」なのだ。たとえば『真珠の雫《しずく》』の〈サチ〉。前夫に死なれた子持ちの女の孤独にまんまと付け入り、金が尽きたと見るや妊娠中の母を捨てたろくでなしの血を引く彼女は、そんな父親を恨むでもない母親や種違いの姉・直美の「善良さ」を憎んでいる。狭いアパートで母子3人、肩寄せ合って暮らし、それが「幸せ」だと本気で信じているらしい母や姉との生活に10代で訣別《けつべつ》したサチが唯一信じるもの——それは金だ。夜の蝶《ちょう》として男たちのあいだをしたたかに舞い、いまではクラブを一軒、任されるようにもなった彼女は、同時にオーナー・西野の女という地位も手に入れていた。

もちろん愛などない。要《い》らないのだ。だが、この先、西野の金に永遠に頼れる保証はない以上、いまのうちに「自分の金」をつくる必要はあった。〈信頼できる人間が誰もいないのよ〉——サチはそういって直美を呼びよせ、半分とはいえ本当に血がつながっているのかと思うほど地味で堅実で〈無欲な女〉に、店の経理を任せたまではよかったが……。

この一篇をもってしても、一見するとまるで対極にあるサチと直美が、読み進むうちにその外見的な違いや境をなくしてゆき、どちらがどちらでもおかしくないような気がしてくるから不思議である。あるいは『ロールモデル』の〈理美《さとみ》〉と藍子《あいこ》もそう。常に正しく華やかで、髪形も服装も生き方も、その真似《まね》さえしていればまず間違いはないとお手本にしてきた藍子が、夫が急死してからは一転、「平凡」な理美に意見を求めるようになり、理美はこれまでに感じたことのない優越を知る。そう、〈藍子と自分は入れ替わったのだ〉。

サチや理美だけではない、本書の女たちの視線の先にはいつも誰かいる。それも女だ。友人はもちろん、母親や姉、または過去の自分など、「その女」より自分はいま幸せかどうか、不幸だったりかわいそうだったりしないか、常に「隣」を確かめながら生きている。

そして『教訓』の〈美郷《みさと》〉が、過去の恋愛の失敗を「教訓」として目の前の恋愛にのぞむように、『選択』の〈広子〉が、かつての恋人より条件の良かった現在の夫と結婚した「選択」にいまある不幸の原因を求めるように、「隣の女」は彼女たちの人生に終始亡霊のようにまとわりつき、なかなか解放してはくれないのだ。

あるいは「構図」。結婚した女としてない女、子供がいる女といない女、仕事のある女とない女、賢い女と美しい女と可愛い女では、どちらが上でどちらが下か。どういう恋愛が、どういう結婚が、どういう幸せが「幸せ」か――。彼女たちの頭のなかは常に誰が描いたとも知れない「構図」に支配され、その恋愛を、結婚を、幸せを、はたまた不幸さえも、自分の感覚やカラダで、じゅうぶん味わうことすらできずにいた。

そんなふうにして、ともかく彼女たちは、自分、のようなものを生きている。

まったく、何をやっているんだか、という気がしないでもない。

恋、のようなものをして、セックス、のようなものをし、結婚、のようなものをしたりしなかったりして、ときに「愛に似たもの」に振りまわされたりもする。

でも、これが「わたし」だ。常により「正しい選択」をして、より条件のいい男や道を選び、ただ「幸せ」になるためにがんばってきた「わたし」。二度と失敗はしたくないからこそ過去を教訓として知恵や策略をめぐらせ、ときには人の不幸を願ったり、誰かを陥れることもあったかもしれないが、すべては「幸せ」になるためなのだ。

それなのに、なぜ「幸せ」ではないのだろう——。本書の帯に〈女は不幸ばかりを数えたがる〉とあるが、以前、ある雑誌でインタビューしたときも、唯川さんは「女は不幸や不満を数える天才ですからね！」といたずらっぽく笑い、そんな女たちの習い性を否定も批判もしない。主人公たちが囚《とら》われている「幸せ」の構図や「普通」の構図、「隣の女」という物差しの不確かさや愚かしさを、ただ作品に描くばかりである。

そして、彼女たちが「女はこうあらねば」とか「こういうのが幸せなんだ」といった数々の刷りこみから踏み出す「一歩」が描かれる場合も描かれない場合もあるが、本書ではほとんどの場合、さらなる轍《てつ》を踏み、堕《お》ちていく「わたし」が描かれる。

たとえば『ロールモデル』のラストシーン。「正しい選択」に囚われるがあまり、自分を見失った理美の狂気を、〈残った肉じゃがにたっぷり醬油《しょうゆ》と砂糖を加え〉、「夫の皿だけに」取り分ける行為をもって描くあたりは、さすがは唯川恵！　と唸《うな》らずにいられないが、なるほどどうして、後味は苦いはずである。

それでいて、この女も、あの女も、「わたし」かもしれないという感覚は、思うほど悪くない。愚かで、哀《かな》しくて、誰かを愛しているようで「愛に似たもの」に翻弄《ほんろう》されているだけだったりする彼女たちと、哀しみや孤独でつながるのもまたよしと、いつのまにか思っている「わたし」を感じるのだ。

どんなに愛し合ったとて、肌一枚隔てた、そのこちら側と向こう側に、所詮《しょせん》は引き裂かれる孤独な人と人は、それでもなおさまざまな「勘違い」や「接近の運動」を、短い一生のうちに繰り広げる。そして、この人こそは運命の人だと思いこみ、肌一枚の向こう側に何とかして近づこうとする、その勘違いや接近の運動こそを唯川氏は愛し、その人が死んだあとに、結局は勘違いやあてのない運動だけが残ったとしてもいいじゃない、と、彼女の作品を読むたくさんの「わたし」に、ささやいてくれているような感じが私はする。

その愛や思いが届くことが目的ではない。誰からもうらやまれ、尊敬される素敵な何者かになったり、「幸せ」になったりすることが目的でもない。届けようとして、幸せになろうとして、愛し、接近し、あるいは不幸を数える運動そのものに、その人が生きた甲斐《かい》のようなものが残されるならそれでいい。「正しく」なんかなくていい、もっといえば「幸せ」じゃなくたっていいじゃないの、と。

それでもいい気がしてくる。そして、唯川作品のなかのたくさんの「わたし」を愛するように、友達や過去の自分やまたは恋敵《こいがたき》など「隣の女」のなかにいる「わたし」や、他でもないこの「わたし」も、愛してみようかと思う……。

果たしてそれは、カッコつきではない幸せへの、小さな小さな「一歩」でもあった。人は結局のところ「一人分の人生」を生きることしかできない。この「わたし」がたまたま生きなかったさまざまな「わたし」の人生を覗《のぞ》き見て、うらやむでも妬《ねた》むでも蔑《さげす》むでもなく、愛し慈《いつく》しむこと——それが小説を読む醍醐味《だいごみ》であり、愉《たの》しみであり、しばしの贅沢《ぜいたく》でもある。

この作品は二〇〇七年九月、集英社より刊行されました。

唯川恵の本

集英社文庫

イブの憂鬱

恋も仕事も中途半端、こんなはずではなかったのに…気がつけば30の大台目前。ブルーな日々に悩み揺れながら、自分の足で一歩を踏み出そうとする真緒の一年。

めまい

はじまりは一途に思う心、恋だったはず。その恋が女の心を追い詰めてゆく。嫉妬、憎悪、そして…。恋心の果てにあるものは？ 狂気と恐怖のはざまにおちた10人の女たちの物語。

病む月

見栄っ張りで嫉妬深くて意地悪だけど、その本質は無邪気なまでに自己中心的な甘ったれ。それが女というもの。金沢を舞台に、10人の女たちそれぞれの心の深淵を描く短編集。

明日はじめる恋のために

恋愛小説の名手が、『ロミオとジュリエット』等、映画に描かれた男と女の出会いや関係を語り、さまざまな愛のかたちを浮かびあがらせる。恋のヒントがいっぱいのシネマエッセイ。

海色の午後

海の見える部屋で一人暮らしをする遙子。仕事、恋、結婚にまどう日々。自分らしく生きるために、遙子のした決断とは。唯川恵、幻のデビュー作。書き下ろしエッセイ収録。

肩ごしの恋人

女であることを最大の武器に生きる「るり子」と、恋にのめりこむことが怖い「萌」。対照的なふたりの生き方を通して模索する女の幸せとは…。第126回直木賞受賞作。

ベター・ハーフ

バブルの頃に結婚した永遠子と文彦。派手な結婚式をあげたけれど、結婚生活は甘くはなかった。不倫、リストラ、親の介護、お受験…それでも別れないのはなぜ？　結婚の実相を描く長編。

今夜　誰のとなりで眠る

奔放な生き方で多くの女性に愛され、突然亡くなった秋生。彼とかかわった5人の女に、彼が残したものとは…。それぞれの愛の姿を通して、自らの道を歩み始める女たちを描く長編。

愛には少し足りない

結婚を控え幸せいっぱいの早映は、婚約者の叔母の結婚式で、奔放な麻紗子に会う。反発しながらも、別の自分を引き出されていく早映。一方、婚約者にも秘密が…。長編恋愛小説。

彼女の嫌いな彼女

仕事一筋の35歳の瑞子と、恋愛第一の23歳の千絵。反目し合う二人が、同時に27歳のエリートビジネスマンに恋をした。最後に笑うのは…。女性の悩みや葛藤を軽快に描く恋愛小説。

集英社文庫

愛《あい》に似《に》たもの

2009年10月25日　第1刷　　定価はカバーに表示してあります。

著　者　唯川《ゆいかわ》　恵《けい》

発行者　加藤　潤

発行所　株式会社　集英社

東京都千代田区一ツ橋2-5-10　〒101-8050

電話　03-3230-6095（編集）

03-3230-6393（販売）

03-3230-6080（読者係）

印　刷　凸版印刷株式会社

製　本　凸版印刷株式会社

フォーマットデザイン　アリヤマデザインストア　　マークデザイン　居山浩二

ISBN978-4-08-746486-3 C0193